寿高《さとう じゅこう》

船通山のカタクリ

目　次

墓はいらないので本を書いてみました。

佐藤《さとう》　寿髙《じゅこう》

1　船通山のカタクリ

ずいぶん前の事だったが、こんな話を耳にした覚えがある。

(時間というものは不思議だ。束《つか》の間に過ぎてしまう事柄の金、物、地位、名誉など時間には代えられない)

と……。

そうだ。

人は何時《いつ》か死ぬのだから。

それは頭では分かってはいるはずだが、ついつい自分は目先の物事に捕らわれっぱなしで、

(そんな事言われてもなー)

と思い出してはこんな事を思う。

いったいどうして何時《いつ》の間にこの歳になったんだろう。誰かに頼んだ覚えも無いし、誰の所為《せい》でも無い。所詮自分の所為でしかないのはよく分かっているはずなのに。

例えばこの事が事件にされたとすれば、テレビドラのワンシーンを想像してしまう。

この歳になった理由を刑事が犯人の自分に白状させようとして、警察に引っ張られ取り調べを受ける。

刑事は、

「**身に覚えがあるだろう！**」

と言って大声で怒鳴り、脅《おど》かす。

自分は黙秘も否認もできず、

「それがそのー、よう覚えておらんのです」

それぐらいしか答えようが無い。

なんでこの歳になったのか、訳を長年連れ添った女房に聞いてみようかとも思ったが、聞きようによっては自分の命が余計に短くなりそうで聞けないとも思った。

結局、何処にも訊《き》きに行く所は無いと気が付いた。


私、現在55歳であります。最近つくづく感じるのは体力の衰えです。

運動不足もはなはだしいし、家でも職場でも運動をする事が無い……？

何もしていない……体力も落ちるはずです。

少し走ればすぐ動悸息切れがするし、筋力も衰えているのも痛感している。そして又、最近何か力仕事でもしただろうかと思いめぐらせたが1升ビンより重たいものを持って無い。

……ウーン・ムムム……。

せめてダンベル代わりに毎日コップになみなみと酒を注ぐ事を何回か繰り返したら少しは運動した事

になるかなー、と思ったりした。

でもそんな事がとても運動をしたとは言えんだろー！　そんなバカな事を考えていてつい自嘲《じちょう》してしまった。

うーんまずい。

そうこう考えさせられる日々を送るうち、先日同僚と話しをしているなかで、趣味で登山を楽しんでいるっていう話題が出た。

うーん登山かー？

私は今まで登山に全く興味が無かったし、よく登山家が山に登る訳《わけ》を、

『そこに山があるから』

とおっしゃるが、この私にはその意味が全《まった》く分からないのであります。

そうそう小学生の頃、歩いて行く春の遠足は気が重たかったけれど、バスで行く秋の遠足はわくわくしてとても楽しかったのを覚えている。私は元来ものぐさである。

登山か？　でも考えるにつけ一度やってみるかという気持ちがふつふつと湧いてきて、何処《どこ》かちょうど自分でも登れるような初心者向けの良い山はないかと私なりに書店をぶらついて『鳥取県の山』と『島根県の山』とかいう本を買ってみた。

どれどれ、この『鳥取県の山』と『島根県の山』ではその県の50ほどの山がカラー写真付きで日程、歩行時間や歩行距離、登山の適期、山岳の特徴・危険度等、初心者の私が知りたいデータを要領良くま

とめてあった。

もう一つ、私が最も知りたかった体力度ランクなるものが、４段階の評価で記載されていて、素人の私には大変ありがたかった。

おおよそ私は登山の初心者以下のド素人《しろうと》であるので、まず日帰りで行ける山のうち、体力ランクの低い山で、なお危険度ランクも低い所に行こうと思った。

鳥取県では中国地方で最高峰の山で、伯耆大山が有名であるが体力度2、危険度２であったので初心者を自負しているのでよしておこう。

島根県では三瓶山が有名だ。まずこの山の情報を調べてみると、体力度1、危険度１とある。これいいじゃん、と思いながら歩行時間を調べてみると、北の原コースで休憩を入れると約5時間、西の原コースで約6時間であった。松江から三瓶山の登山口まで高速道路が出雲までしか通じて無いので、３時間から3時間半かかる。なんだかんだ余裕をとると、合計が14から15時間かかってしまう。

若くないし初心者なので日帰りではちょっと辛い。泊りがけも考えたけど連休は何かしらちょっとした用があって、やっぱり日帰りで行ける山を探した。

いろいろ迷っていたところ、山の好きな友人の話を聞いたり、他の方法で情報収集をしてみて、やっと船通山という山をピックアップしたのであります。

その船通山は鳥取県と島根県の県境にある標高１１４２ｍの、山頂からの景観が良い山らしく、初心者でも2時間ぐらいで登れるとのことで友人が『70歳ぐらいの人でも登っているよ』って言われて、『島根県の山』で調べてみたら、体力度1、危険度1、日帰りコースで3時間半とある。おい、これなら私でも行けると思ったのでありました。

インターネットで調べてみると、

『出雲地方では古来より（鳥上さん）などと呼ばれ、古事記によれば船通山の麓《ふもと》に降りたスサノウは八《ヤ》岐《マタノ》大蛇《オロチ》を退治し、八岐大蛇の尾から得た雲剣を天照大神《あまてらすおおみかみ》に献上したと言う。比婆道後帝釈国定公園の一部で、この山から斐伊川が流れる』

とある。

さっそく船通山の行く道とか調べてみたら、我が家から車で片道1時間、登山で往復3時間、頂上で休憩をとって1時間、計6時間ぐらいで行けるじゃないか。

ＯＫ・ＯＫ大丈夫です。これに決めた。船通山に登ってみよう。

ここで私は少し嬉しかったのです。25歳の頃、競馬にハマっていて、競馬そのものより勝ち馬を予想するのが楽しかった事を覚えている。ギャンブルや魚釣りなんかでも何でもイメージ（夢も含めて）する事って楽しい。

そこで私は船通山への日帰りプチ登山を計画し、女房は都合が悪いと言うので1人で行くことにした。当日になってそうそう弁当を用意しなければと、松江駅で駅弁とお茶を買ってリュックに詰め出発した。車を運転して近道をしようとしたのですが、山道に迷い込んでしまって1時間で行けるところを2時間近くかかり、やっと船通山にたどりついたのだが、こんなことなら遠回りになるけど国道で行けばよかった。

さて、船通山近くまで来てすぐに駐車場と書いてある標識があったので、何も考えずに車を止めてさっそうと歩き始めた。

行楽シーズンの五月晴れと言うやつで、気候もちょうど良くすがすがしい気持ちで調子が良かったのだが、友人に聞いた話では人がすれちがうのがやっとといった道が続くと言っていたのですが、登山といいながら何時《いつ》までも舗装された緩やかな広い坂道が続いた。これでいったい何時頃《いつごろ》頂上に着くのだろうかと思いながら、1時間ばかり歩いたところ、また駐車場と書いてある案内に出くわした。

あれー?……。

また5分ばかりその先の道を歩き続けると登山口と書かれた標識があった。

あれー?

今まで歩いて来た道はいったい何だったんだろう。

そこには開かれた倉庫のような建物があり、親切にも杖《つえ》代わりの木の枝が何本か置いてあった。聞くとこういった山の宣伝をしたり、頂上まで案内してくれるボランティアの人らが何人かいらっしゃるそうだ。そして山道や頂上での整備をしているらしい。奇特《きとく》な人もいるもんだなーと思いながらその杖を1本借りて登って行った。

そして登山口から登り始めると山の斜面の日陰になる部分では所どころ、まだ雪の塊があり雪解け水があふれ出していて、道や小川の何処がどこだかわからない状態になった所もあった。

とりあえず登山口から登り始めて、しばらくすると道沿いの小川に15㎝ぐらいの魚を見つけた。色合いからすると岩魚《いわな》であります。こんなに高い所までよく登ってきたものだと感心した。そして鯉の滝登りを思い出したのだが、中国の登竜門の故事だったか、黄河上流に竜門という所があってひときわ流れの激しい所で下流から登ってきた鯉がそこに群れをなし、そのほとんどは登ることが出来ないが、もし登ることが出来れば竜に化すという記事を思い出していた。

そしてそこは幅1ｍぐらいで長さが2ｍぐらいの水溜りの様子で、そこの上下流は水道《みずみち》も狭く今の状態だったらまず岩魚も登れないような場所だった。おそらく雨で小川が増水した時に登って来たのだろうが、よくもこんなに高い所まで登って来たものだと感心しながら私はあることを思い付いた。大したことではないのだが、生け捕りにして今夜塩焼きにして晩酌の肴《さかな》にしようと思ったのです。ふふふ……そんなことを考えていたら、この岩魚がやたらにおいしそうに思えて来た。

しめしめ、その小川は50㎝ぐらいの浅瀬で簡単に捕れると思い小川の真ん中付近にある石に左足をかけ、さぁーて、手で生け捕りにしようと追いかけたのですが、これがやってみるとすばしこい、のなんの。何度も追いかけたのですがらちがあきません。そこで考えたのがそこらの石を使って堰《せき》をして段々と岩魚の行動範囲を狭めて一気に捕まえようと思ったのですが、付近を見渡しても適当な石があまり無かった。それでそこから登山道の上下30ｍぐらいの範囲で石を見つけ、拾っては石を積み、堰を30分ぐらいかけて作っていたのですが、もうその時はかなりムキになっていた。何としてもこの岩魚を晩食ってやるー。

そのうちに両手の袖が濡れてきて、しまいには左足をあずけた石がすっかり濡れてしまって、この石が苔だらけだったもんでズルーと滑ってしまった。

「あれーっ」……。

バシャーン。

その拍子に小川に転げ落ち左半身ずぶ濡れになってしまった。

「あ痛てて……」

左の肩をおもいっきり打ったし、側頭部も少し打った。でもこの時は痛さも忘れていかにもかっこ悪いと、とっさに思ったのか本能的にさっと立ち上がり、人に見られてなかったかきょろきょろ周りを見渡したが、幸い誰にも見られていないようだった。そして安心したら、また痛みがよみがえってきて、左側の上下の服とパンツまで濡れてしまっている事に気が付いた。帰りに近くの亀嵩《かめだけ》温泉（松本清張の砂の器で登場するあの亀嵩であるが、たしかにこの付近の出身者は東北弁とまちがわれてもしかたないぐらい、なまりがきつい）に入って帰ろうとタオルと肌着は持って来ていたので、その場でズボンと上着を絞って肌着を着替えようと思い、あたりをもう一度見渡した。今いる道は上下20ｍ以上曲がっていてどこも左側が切り立った斜面、右側が沢になっていてその先が見えない。そこで何処か着替えのできる物陰を探したが全然無かったのですが、こんなところでスッポンポンになってパンツをはき替える訳にはいかないとも思った。もしそうしている時に女性登山客なんかに出くわしたら、きっとその女性に、

『きゃー、変態』

などと言われかねない。

時々、公務員である国や自治体職員達が、何度か猥褻《わいせつ》容疑で逮捕されて新聞記事等で報道されている。そして時には女性の被害妄想により犯罪人にされるケースもあるようだ。

ちょっと待てよ。俺だって、ここでスッポンポンになって変な女性登山客に出くわしたら他人ごとでは無い。島根県や鳥取県では都会と違って犯罪が少ないので絶好の報道材料にされるだろう。警察なども女性の証言を真に受けて犯人に仕立て上げられることも無きにしも非《あら》ずだ。思わず自分の記事が新聞報道されているシーンを想像してしまった。

平成22年5月仏滅　山陰中央新聞の地方版に、

昨日、船通山の登山道において、松江市の会社員、○○　○○（55歳）が女性登山客の前で下半身を露出していた為、複数の登山客に取り押さえられ、少し下りた登山口で島根県警に公然猥褻罪で逮捕されました。被害にあった女性は、

『登山道を歩いていると突然、初老男性が下半身裸で現れました』

（おいおい……）

俺は何と答えようか、警察は女性の証言のみを信じて私が水溜りに落ちて、服を乾かしていたなぞと

いう反論は取り扱おうとはしない。犯人の私は仕方なく、

『お粗末なものをお見せしまして、たいへん申し訳ございませんでした』

てな、とこか。

また自分の会社である■■株式会社の広報室の発表は、

『このたびは、当社の社員が大変な不祥事を起こし、関係者の方々に大変ご迷惑をおかけしましてまことに申し訳ありませんでした。当社といたしましては社員のコンプライアンスに関する教育を徹底し、二度とこのような不祥事が起き無いように致します。また、事件を起こした社員は厳正に処分致します』

それで私は諭旨免職か懲戒解雇される。おまけに氏名が新聞報道されたので今の住んでいる家を売り払い、何処か遠くで暮らす。女房は愛想を尽かして家を出て行ってしまい、大阪にいる両親と暮らし始める。その後離婚……よくある話だ。

ぐらいか。

まいった、でも寒くてしょうがないので周りに人の気配が無いことを確認し、おもいきってまず上着を脱ぎ肌着の方だけ着替え、上着を絞ってタオルで水分を少しでもと思い、絞った後の上着をタオルで拭いた。いよいよズボンを絞る為ベルトを緩めようとしたら登山道の上の方から女性の声がして、しばらくすると2人の若い女性達が歌を歌いながら下りて来た。最近時々耳にする山ガールでしょう。すれちがいざまお互いこんにちわと挨拶をして、彼女たちの姿が見えなくなるのを目で追っていた。よかった、こんなところでパンツ姿を若い女性に見られなくて。くわばら、くわばら。こんな登山道でパンツ

姿の初老男を見たらきっと変態と思うに違いない。

彼女らが歌っていた歌は聞き覚えがあったが思い出す余裕は無かった。そして思い切ってズボンを脱ぎ必死で絞って、パンツは脱がずにタオルで拭《ふ》いてズボンをまたはきなおした。

肩と側頭部をさすりながら、服の方は多少乾かすことが出来たのですが、やっぱり痛かったし寒かった。それで俺、今何やってるんだろうと、ここでやっと我に返ったのであります。俺これから登山しようとしているのだから下山するとき捕ったらいいじゃないか。そうだ、俺は登山に来たのだ、岩魚を捕るのが目的ではないぞ。おまけにこんな痛いやら寒いやら散々な思いまでして……それで、下山する時この場所が分からなくなってはいけないと思い、頭をめぐらしてティシュを木の枝にしばって目印を付けてまた登り始めた。

それから5分ぐらいして頭には血は出てなかったが、小さなコブが出来ているわ、肩からは少しだが皮がむけて血が出ているは寒いわ、ほよほよ。今の自分の所作《しょさ》を他人が見ていたら、こいつ いったい何をやってるんだろうと思うに違い無い。

そして歩きながらいろんな事を思い出していた。亀嵩を思い出して、若い頃映画で見た松本清張の『砂の器』の映画を思い出していた。ハンセン氏病になり村を追われ、迫害されながら親子がお遍路の旅をするシーンは何とももの悲しく、本当にあり得る話だと思って感動して3回ぐらい見に行った。

その後リメイクされたのだが後のものはハンセン氏病ではない設定で、やはり野村芳太郎監督、橋本忍・山田洋次共同の脚本で主人公は加藤剛他緒方拳が出演した砂の器が一番良かったのを思い出して、またＤＶＤでも借りて見てみるかなんてことを考えながら登っていた。

それから15分ぐらい登りかけていた所から、こんどは少し足首の辺りで痛みを感じてきた。

あれー？

そして30分ぐらい歩いて来た所で足首の痛みは確信犯となってきた。

そうそう高校2年生の時、マラソン大会が2日後にあるので日曜日に練習をしておこうと思い、遠方までかなりの距離を走った。当時はそこそこ持久力には自信があったので、体力の任すままに3時間ぐらい走った。でも、翌日に足首が痛くなり、マラソン大会当日は散々だった苦い思い出がある。でも今は違うな。若い時は翌日に傷みがきたのだが、この歳になると直撃で来るのかもしれない。でも筋肉痛は年をとると若い時より、ゆっくり来ると聞いていたのだが。

亀嵩にある砂の器の記念碑

それから10分ぐらい登って、

（うえっ、やばい、腰が重たくなってくる）

こうなる度に、若い時一度ギックリ腰になり、えらい目にあったことを思い出していた。ギックリ腰を経験した後も、年に一度か二度ギックリ腰の前兆があり、コルセットを巻いたりして腰の養生をしていたのだが、このギックリ腰の前兆である腰が重くなってくるのは足が痛かったり疲労した時か、胃腸の調子が悪かった時でありますが、少なくとも今回は後者では無かった。

そして私が27歳の時の事を思い出した。当時私はスキーにはまっていて、青森県の大鰐《おおわに》スキー場に行った時ギックリ腰になった。そこのスキー場は山の傾斜が第1リフト迄で降りれば初心者でも滑れる緩やかなコースなのだが、その上の第2リフトで降りれば当時（現在神沢バーンと言われてるらしい）アジャラ大回転と言って、すり鉢状のコースで雪のこぶがたくさんあり、リフトから降りてその下の傾斜を見ると絶壁の世界が広がっていた。リフトの料金は1日券を買っていたのでどちらで降りても変わらなかったが、どうせならと思い第2リフトまで上《あ》がったのはいいが、リフトを降りたらすぐに転んでスキーウェアも良く滑りそうな生地だったもんで、頭を下にして背中で第1リフトまで滑り落ちていた。そうなった時は高校生の時柔道を自由科目で習っていて知っていたのだが、じたばたしないほうが良くて、へたに悪あがきをすると怪我のもとになるのだ。

それで他の人にぶつかったらいけないと思い、

「どいてどいて」

とわめきながら滑り落ちた。同じようにその事を3回も繰り返した。それを見て友人が、

「せっかくリフト券買ったんだから、スキーで滑って降りてこないと損するよ」

「そんな事分かっとるわ、こっちも好きでやってるんじゃない」

ここの最大傾斜角は34度と聞いているが、当日のコースは圧雪のアイスバーン状態で、しかもあちこちにこぶがあるので、このこぶを避けるように滑らないと私の技量ではかなわなかった。

以前行ったことのある長野県の野沢温泉スキー場で最大傾斜角が39度あるシュナイダーといっていたが、このシュナイダーを滑った時はパウダー状の新雪でこぶもなかったのでもっと滑りやすかった。そんな事で私にとってはこちらの方が手ごわかった。傾斜があまりにきついため休んでいる時も踏ん張る足の力が半端で無かったのだ。

その時、地元の中学生であろう子供たちが滑り降《お》りてくるのだが、上手《うま》いのなんの。

そして奮起一発四回目の挑戦でやっと約20m位よれよれの斜滑降で滑り降りたのだが、休んでいたら上から滑り降りてきた男性とぶつかってしまった。ぶつかった瞬間二人は絡み合い10mぐらい転げ落ちて止まった。

このコースは傾斜が急すぎて、私ぐらいの初心者では制御が効かなかった。そしてお互い謝っていた。それで、滑りだしたらまた転んでしまって、またもや第1リフトまで例のごとく背中で頭から滑り落ち止まった。そこでもうけっこう疲れたのでロッジで休憩しようと近くまで滑り降りた。そしてスキー板を外したとたんに腰に激痛がはしり、倒れこんで仰向《あおむ》けに大の字の状態になった。よく覚えているのだがこの時変なことを考えていた。

（アメダスの画像で見てみたら、今の俺ってどんなに見えるんだろう）

起きようとするのだが、少しでも体を動かすと激痛がはしり、付近の人に助けを求めようと周りを見渡したが人っ気が無かった。

友人と帰る時間は夜の8時なのだが、当時は携帯電話などいう便利なものは無く連絡の取りようも無かったがこうしてはいられないと思い、うつぶせで這いつくばったまま両手だけで前進していたら、たまたま私を見ていた女性客が、

「どうしました？」

「ギックリ腰になったみたいで、友人を待っていますが動けません」

「私、案内所へ行って案内放送してもらいましょうか？」

そして案内の放送が終わって間もなく山本が来た。

「伊藤、どうしたの、そんな格好して？」

「ギックリ腰になったみたいや」

それから車を近くまで寄せてもらい、リクライニングシートにして連れて帰ってもらったのだが、その後1週間ぐらいはトイレに行くまでホラー映画に出てくる貞子状態だった。後で思い出したのだが、当日の朝は大雪で昼ぐらいまで雪掻《ゆきか》きをしていて、とても肉体的にしんどかったのだ。

まだまだいろんな事を思い出しながら我に返り、

『俺の腰よ、がんばれ、お願いだから車にたどり着くまでおとなしくしてね、絶対爆発しないでね、お

願いします』

そうしてゆっくりと歩き、腰がモノ申せば休みやすみ登った。

登山口から1時間も登ったろうか、あとどれくらいで頂上に着くのだろうか不安になってきた。たしか2時間ぐらいで登れるって聞いて来たのだが頂上に近づく気配が無い、とか考えながら登り続けていたら年配のご夫婦が下りて来た。

「こんにちは」

とお互い挨拶をして私は頂上まであとどれくらいか訊ねてみた。そうしたら、ご主人が地図を出し、今この辺ですよって教えてくれた。

ガーン、まだ、道半《なか》ばじゃありませんか。思わず、

「無理ムリ、下山します」

と言ってしまった。奥さんのほうが、

「そんな事を言わないで登ってきたらいいじゃない。カタクリは終わりかけているけど、まだ咲いていますよ」

時々記事になっているけど、登山中に倒れ、最悪はヘリコプターで救出されて新聞沙汰に？ ……そうそう、中国山地の一部では携帯電話の電波の届かない所があると聞いていたので携帯電話を開いて見たら **圏外** の表示があった。

あっ、やっぱりやめよ。ギブアップです。

しばらく休んで下山を始めた。我ながら情けなかった。トホホ。

そうこうしながらしばらく足を引きずりながら下っていたら、若いカップルが登ってきてすれ違いざま男性の方が、

「こんにちわ、カタクリはどうでしたか」

と尋ねられておもわず、

「カタクリどころじゃありません、ギブアップです」

と言ってしまった。そしたらその若いカップルは噴出し笑いをして男性が、

「ははは、ギブアップですか」

大きな声で笑ったので私は、(しまった)と恥ずかしい思いをしたのであります。その男性は笑いながらも親切に、

「気を付けて下りてください」

と言うので、

「あ、ありがとうございます」

お礼を言いながら下りて行った。

カッコ悪……ギブアップなんて言わなきゃ良かったと思いながらしばらく下山しているとまた年配のご夫婦にすれ違い、同じようにこんどは奥さんが、

「こんにちは、カタクリはどうでした」

と尋ねられた。一瞬、ひるんでしまって、

「いやー、ちょっと忘れ物をして」

と言ってしまった。

そのまま逃げるようにして足早に過ぎ事なきを得たのですが心の中で（カッコ悪）と思いながら下山したのであります。

ギブアップと言ったのはかっこ悪いよなー。そう思いながら今度登山してくる人と出会って同じ事を聞かれたら何て答えよう……なんてしょうもない事を考えながら山を下《くだ》って行った。

また、下山しながら思い出していた。１か月ぐらい前に山菜取りぐらいこの私でもできるだろうと思い、山菜の本を買って近くの低い山に登った。本の中の山菜の写真と現地の草木を見比べながら採《と》ろうとしたのですが、それぞれ10分ぐらいずつにらめっこしたけれど、その現地の山菜が写真に載っている

ものと同じなのか確信がどれも持てず手ぶらで帰ることとなった。実はその本の中に山菜と間違いやすい毒草が載っていたのです。ニリンソウやモミジガサはトリカブトに似ているらしく、ニリンソウとトリカブトをまちがって食べて死んだ人がいた記事が記載されていた。行者ニンニクとスズランも似ているらしく、スズランを生けた水を誤飲して命を落とした例もあったらしい。やっぱり今日のところは山菜採りはやめとこうとなった。友達が教えてくれると言っていたので今度教えてもらおうと思いながら下山していた。

どうも、今回の事を含めて初心者マークはうまくいってない。また思った。そうか、この船通山ではカタクリの花の咲く時期は登山客の挨拶代わりになっているのだ。

そして出発する前に調べていたはずだが、ここを登るコースは亀石コースと鳥上滝コースがあったが、何も考えずに亀石コースを選んでいたようだ。

またしばらく下りて行くと、上から見て100mはあろうか。登山客が3名ほど登ってくるのが見えた。まずい、こんどカタクリはどうでしたか聞かれたら何て答えよう。

また忘れ物をしたって言うか。でも、こんな所で俺、忘れ物してわざわざ取りに帰るか?……

見れなかったカタクリ

うーん……先ほどの奥さんが言ったまま、カタクリは終わりかけていましたがまだ咲いていますよと答えようか。でも見ても無いのに色とか形とか突っ込まれたらそれこそギブアップとなる。それにしてもカタクリの花なんてどんなのだろうか、私はほとんど花の名前を知らない。家に帰ったらネットで調べてみようてな事を考えながら下っていったら、先ほど下の方に見えた登山客とすれ違うこととなった。案の定、3人のうちの男女2人がハモルように、

「こんにちは、カタクリはどうでしたか」

と聞かれた。

「いや、ちょっと忘れ物をしまして」

とまた答えてしまった。

一体私は何を忘れたんでしょうか……？　段々落ち込んできた。5組ぐらいの登山グループと出会ったが、みんなにカタクリの様子を聞かれた。

あー、もうカタクリの話しはせんといてくれー。

そんなしょうもないことを考えながら下山していたら、登って来た時の小川に差しかかったが、すっかり気力が失せて、岩魚を捕る元気も無くなっていて、岩魚に呟《つぶや》くように、

『今日のところは命を助けてやろう』

ぶつぶつつぶやき、そうしてまた下りて行った。つぶやいて私ははっとした。何かに向かってぶつぶつ言いだした自分の危うさを感じた。

『俺……今……そうとうア・ブ・ナ・イ』

食欲もすっかりなくなっていた。もう疲れがピークにきていて、食べることなどすっかり頭から離れていた。それで亀嵩温泉もどうでもよくなってしまって、少しでも早く家に帰ってゆっくり休みたかった。

……。

やれやれ、やっとのおもいで、最終コーナーに差し掛かってもうすぐ登山口にたどり着くのですが、腰はなんとかギックリ腰にならなかったけど、足の痛みは最高潮になっていて、本当のビッコ状態だった。ところがまだ最後にダメダシがあったのです。

もうすぐに登山口付近まで下りてきて、50ｍぐらい下の離れた所で老人夫妻が歩いていたのだが、おそらくどう見ても80歳近くの年齢であろう。ご主人は足元もおぼつかない感じで奥さんが付き添うように歩いていた。老人夫妻も気候が良くなってきたので散歩でもしているのかなー……と思った？

それから曲がりくねった登山道の為、大きな杉で老人たちは私の視界から消えていた。俺も、もっともっと歳をとったらあんなになるんだろうなー。そういえば大好きだったスキーをやらなくなって30年以上になる。ゴルフも10年以上やってないけど気が向かないし気力体力が衰えてゆくのをつくづく感じるのは歳をとるってこういう事なんだ、とも思った。あの歳まで生きていられるだろうか分からないけど、俺、今でもこんな状態なのに、あんなに歳をとったらやりたい事もできなくなってしまうだろうから今のうちに好きな事をやっておこうと思った。

そして大きな木陰を過ぎて老人達とすれ違うことになった。でも段々近付いてきて変な予感がした。

二人ともリュックサックを背負っている。こちらから（こんにちは）と言おうとしたら、
まさか?……。

すれ違いざまに先に老人男性がしわがれた声で、

「こんにちは**カタクリは……どうでした?……**」

(ガビーン)

私はショックでその場に崩れ落ちるようにしゃがんでしまっていた。

たいへん失礼致しました。

そして、しばらく沈黙が続いて何が何だか分からないけど私はこのおじいさんに、

『すい、すいませんでした』

と謝っていた。そして深呼吸してなんとか立ったけど、心は完全に倒れたままだった。

でもおじいさん達は、こいつ何でわしらに謝っているんだろうというふうに、不思議そうな顔をしてこちらを見ていた。

それは完璧なまでの不意打ちだった。たとえば人が自転車で物にぶつかったとしたら、身構えてぶつかった時は怪我も小さい事が多いのだが、不意をつかれてぶつかった時は怪我も大きい事がよくある。チャンバラや格闘技なんかで不意打ちをくわせるとかはよく聞く話であるが、心も不意打ちをくらうとショックがより大きいのだとこの時初めて分かった。

俺、このおじいさんより、気力も体力も完全に負けているのかー。ギブアップの後は心がノックアウトになった。

このおじいさんは耳も少しとおいみたいだったので少しして、私はおじいさんの耳元まで近づいて、ちょっと怒りながら大きな声でこう言った（この時自分の情けなさに腹が立っていた）。

「カタクリは終わりかけていますけどまだ咲いていますよ」

そう言うとおじいさんは、

「うんうん」

とうなずいていた。そして次のおじいさんの言葉で私はまたクラッときた。

「それならわしらもちょっと登ってくるわ」

それを聞いて私は問うてみた。

「それって、**ちょっとですか？**」

と蚊の鳴きそうな声で聞くと、おじいさんとおばあさんは、

「……？」

という感じでまた不思議そうな顔をしていたのだ。

それを言って私はすぐさま足の痛さも忘れて、また逃げるように、小走りに下りて行った。走りながら変なことを考えた、俺なんで足の痛みをこらえてまで走っているんだろうと思いながら、そして若い時夢中で読んだ吉川英次の三国志で、漢の司馬懿仲達と蜀の諸葛孔明の戦であったこんな記述を思い出

していた。それは蜀の孔明が死んだことを仲達が知れば一気に漢からせめ落とされるであろうから喪を発してはいけないと家臣に申し付け、等身大の木像を作らせておいて死んでいないふりをするくだりだった。

(死せる孔明、生ける仲達を走らす)

これを今の自分に置き換えると、

(よぼよぼの元気なじいさん、よれよれのおいらを走らせる)

ってか？　なんて、まいった、まいった。

後で思い出したのだが、痛い思いまでして走り出したのはその場から一刻も早く逃げたかったのだ。

そんなこんなでこの日はもうさんざんで、寒いやら、痛いやら、泣きたいやら災いを一身に背負い、身も心もヘロヘロになりながら家路に向かうこととなったのでありました。

……。

翌日私は新聞の地方版やテレビを見た。ひょっとして、船通山で遭難者が出ていないかと思い、あのおじいさんの足元を見て本当に登って下りてこれたんだろうか？　あの、(ちょっと登ってくるわ)、という自信ありげな言葉はなんだったのだろうか。でも何処にも遭難の記事は無かった。

その後の数日、私の心は黄昏《たそがれ》ていた。でも後日考えて、不幸中の幸いはギックリ腰にならなかったことだ。あの場所でギックリ腰になったら間違いなく担架で運ばれなければ生きて帰れなかった。誰かに助けを頼めるだろうが、なにしろ圏外である。

誰かに出会わせて助けを求めると、その人は携帯電話が通じるところまで下って行き消防団に電話して、下手をすれば出雲市中央病院のドクターヘリの出動だってありうる。そしたら、地元の新聞に実名で発表されかねない。何しろ新聞ネタに困っている地域で、それは地方版の記事を見れば分かる。大事《おおごと》にならなくってよかった、よかった。

……。

それから一か月が過ぎて雪辱を晴らすべく、こんどは女房と一緒にまた弁当を持って船通山に再挑戦しましたが、気候も穏やかでとても気持ちが良かったのであります。いろんな事に気付いた。少しばかりトレーニングをしていたので足も調子よくって、カタクリは残念ながらとっくに終わっていたけど、頂上では360度パノラマで景色が美しかった。

頂上にある鳥居にお賽銭を奉納して、今度はカタクリが見られますよう念じてきた。今思い返せば、私は就職後ずっと仕事に追われていたような気持ちが何処かにあり、何かを取り戻したい気持ちがあったのだろう、登って下りてくるまでずっと美味しい物の味を楽しむように、この心地良さを噛みしめながら噛みしめながら過ごした。あーこういうことか、青葉の輝きも感じて、自分の心と体が自然と波長が合うというか、一つになったような感性を味わえたようにプチ登山は気持ちがいい。これはピクニックや海水浴やスポーツなんかでも同じような事なんだ。五感を働かす事は大事なことだとつくづく思ったのだが、何でこんな事がこの歳になるまで解らなかったのだろうか。

亀嵩温泉に入って帰ったのですが、とても良い時間が流れた気がした。

船通山の頂上では思わずヤッホーと叫びたい衝動にかられたけど、さすがに年を気にしていたのかセーブしていた。

2　満月の夜中に吠える

俺は酒で若い時から何度も失敗しているが、いずれも病院や警察にお世話になる事も無く、間一髪セーフでなんとか今までやって来た。

思えばよくここまで運よく来られたもんだと思う。

そんな具合ながらいつの間にか59歳になった。もうすぐ定年になり、その後は嘱託社員として勤めるはずだが気力体力がいつまで持つだろうか？

それでも飽きもせず俺は晩酌で変な空想をしながら、昔の事を思い出したりしていた。


一番若い時の酒での失敗は大きい声では言えんのですが××歳の時、大学でのコンパでの事だった。

当時、周りの友人らにはやしたてられ一気呑みをするのが流行《はや》っていた。みんなの掛け声で、

「一気、一気、一気、一気」

これで調子に乗った俺は、一升瓶を両手で持ち、好奇心に任せて狂ったように一気呑みをしていた。

しばらくして頭が痛くなり、猛烈な吐き気がしてきたのでトイレの和式便所で吐いてしまって、その後は記憶が無くなり眠ってしまっていた。しかしそんなさなかでよく覚えているのだが、夏場の暑い時

期だったので和式便器の尿跳ね返り部分である陶器の頭の部分にほっぺたを引っ付けると、ひんやりしてとても気持ちが良かったのを覚えている。それでそのまま便器をだっこするような姿勢で寝てしまい、気が付いたのは朝方だった。

次に覚えているのが大学4年生の時、夏に長野びんずる祭りというのがあって仲間8人で参加しようという事になり、景気づけに祭りで練り歩きながら仲間と1升瓶を回し呑みしていた。石井という友達と最後まで一緒に歩いていたのだが、最後には脳天に快感があったのを覚えている。そしてそのまま道端に寝込んでしまっていた。夜明けぐらいに目が覚め、死んでいるのやら生きているのやら分からなくなり、ほっぺたをつねったらわずかな痛みがあったので生きているんだとふらふらになりながら起き上がった。

「石井、生きてるか？」

「生きとるみたいだ」

「頭が痛い、いてー」

「俺もだー」

祭りのハッピに短パン、鉢巻の姿でなんだかやたらに泥んこになっていた。下宿に帰る途中、通りがかりの人のなんだかさげすんだような視線を感じた事を思い出した。

その次が翌年の新年会の時みんなでワイワイ騒いで呑んだ時の事だった。長野では毎年この時期には根雪が20㎝程度あったのに、このアンポンタンの俺はこの会が終わって下宿への帰り道で寝込んでしまったのだ。気が付いたら公衆電話ボックスの中で寝ていた。

「もしもし、ちょっと電話したいんですけども」

と若い奥さんに言われて目が覚めた。

そして気が付いたら朝になっていた。

寝ぼけたまま、外に這いずるようにして公衆電話ボックスを出たら、寒くてさむくてそこの脇でうずくまって震えていた。そうしていたら、リヤカーにたくさんの野菜を積んで来たお婆さんが、そのリヤカーから野菜を台に置いて並べ始めていた。

「起きたかえ」

「はー」

「おにぎりあるから食べんね」

と言っておにぎりを弁当箱から2つと野沢菜をくれた。これが美味《おい》しいのなんの。今でもその時の味を覚えているほどだ。当時よく見かけたのだが、自宅で採れた野菜を売っている行商の人だった。今でもその時、おばあさんと色んな話をしたけど親切がつくづく身に染みた事を覚えている。

今思えば若い時はずいぶん無茶をしたもんだと思う。雪道の上で寝ていたら、きっと凍死していただろう。そう考えたら今の自分はいなくて、なんと恐ろしい事をしたんだと思い出してゾッとした記憶がある。

色んな酔っぱらいの人を見てきた。

競馬の予想することとって楽しいのだけどいろんな予想誌があって、どれを当てにしてよいやら今でも迷うところだ。

昭和56年、まだの25歳の時だった。後楽園の場外馬券売り場に競馬の予想屋が立っていた。この予想屋は昼ごろから出てきて自分の前に台を置き、いかにも怪しげな講釈をたれていたが、重賞レースになるとこの講釈師の周りに人だかりができていたのだ。その中にはビールやワンカップを片手に、もう片手に競馬予想誌を持った人がたくさん集まって来た。そこで見知らぬ酔っ払いの老人と話をした時、

「この時間が人生の一番の楽しみじゃ」

と言っていた事が耳から離れなかった。後で思えば人間なんてそんなもんかも知れないと思った。

脇で見ていたこの俺も買ったのだが、重賞レースの競馬予想情報は１口５００円でケチなメモ用紙に赤鉛筆で書いて売っていた。予想屋に渡されたメモ用紙には３―８を２口、３―６を１口、３―７を１口などと書かれていた。

俺はそれを信じて買ってみた。そこに書いてあった通り３―８を２０００円、３―６を１０００円、３―７を１０００円買ってみた。

そしてレースが終わって予想がすべて外れた途端、予想屋はすっ飛んで台をたたみ逃げ出そうとした

のだが、この予想屋の情報を買っていた先ほどの酔っ払いの老人客が、

「コノヤロー金返せー」

と千鳥足で追いかけていた。この人は負けた分までの金を要求しているのだろうか？　それとも情報料金だけだろうか？　そのまま姿が見えなくなるまで千鳥足で追いかけていた。おもわず大笑いしたのだが、まああれではまず追いつけないだろうと思った。なにせ予想屋のおっさんがこれは慣れたもんだと思ったのは、無茶苦茶逃げ足が速かったからだ。

きっと、何時もこの調子なんだろうと思った。

その後この後楽園に数回来てこの予想屋によく会ったのだが一度も当たったところを見たことが無かった。

翌日が休みであるとついつい呑み過ぎてしまう。会社帰りに友人と呑み、その日も話がはずんで気を失うぐらい呑んでしまっていた。
勤務先の会社がある米子駅で帰りの電車に乗ったのは覚えている。松江駅に向かう途中に安来駅に停車後、次の荒島駅に停車した。その荒島駅を電車が発車した時、ほんの少しのお楽しみあった。電車が発車した後《あと》しばらくするとアナウンスがあり、この時の女性の声がやけに色っぽくて、
【次はイヤです】
揖屋《いや》駅の事であるが、これを聞くたびになんとも艶《なま》めかしい感じになった。

松江駅を降りて確か夜空を見上げると満月が出ていて、喫煙所でたばこを吸っていたら満月に向かって叫びたくなった。そこまでは覚えていたのだが後はプッツン・シャットダウン。たまに呑み過ぎた時、どうやって帰って来たのか分からないのに、自分でもよく家まで帰ったものだと朝起きて感心する事があった。

事件のあったその日、俺の女房が4日ほど仕事の休みが取れたと言うので、明日大阪の子供に会いに行くと言っていた。それでお土産に松江ラーメンを買って、前日にそれに添えるチャーシュウを作って持って行くんだと言って料理をしていた。何時《いつ》までたっても母親は、ははおやなのだ。普段俺と2人だけなので、女房は手間のかかる料理はあまり作らないのに。

そして呑み過ぎてプッツン・シャットダウンして寝ていた時、夜中にトイレの水洗を流す音がした。寝呆けたまま、

（あれー、誰かいる）

……？

……？

ほんの少しずつ目が覚めてきたらすごく頭が痛かったのだが、そのまましばらくうとうとしていた。

（あれー、女房は子供らに会いに大阪へ行っているはずだ。あれー、今日、この家の中は俺ひとりのは

ずなのに）

……？

……？

……？

……？

（ヒェー俺やっちまった。とってもまずい事をやっちまった。昨夜よその家《いえ》に入《はい》り込んでしまったんだ）

呑み過ぎでまだ酒が残っているが、昨夜の事を思い出そうとしたのだが記憶が完全に飛んでいた。

どうしよう……？

どうしよう……？

どうしよう……？

どうしよう……？

うとうとしながら女房が本当に大阪に行っているのか疑った。

でもなー。

意識が戻るにつれ、ますます事の重大さに気付いてきて恐怖に襲われた。そしていろいろと思いをめぐらしていた。

俺が入《はい》り込んだここの家主は私が呑みすぎてまちがってこの家に入ったなど信じてくれないだろう。

自分のしたことにますます腹が立ってきた。

どうしよう……？

どうしよう……？

どうしよう……？

どうしよう……？

このまま逃げようか？

いろんな事が脳裏を駆け巡った。

でも何処《どこ》の家に侵入したのかも分からない。いったいこの家の人がどんな人かも分からない。そして真っ暗で周りがどんなになっているかも分からないが布団はかぶっていた。

さっきトイレに行った人は男性だろうか？　女性だろうか？　そして幾つぐらいの人だろうか？

住居侵入罪は……うつろなままちょっと前の新聞記事で思い出した。たしか法定刑は3年以下の懲役または10万円以下の罰金だったはずだ。

少しずつ意識がはっきりしてきて、ますます事の重大さに気付いて言い難い恐怖におののいていた。

とにかく自分の酒癖の悪さを悔やんだ。

もう一人の自分が自分を叱る。

（なあ、おまえ、意識が無くなるまで酒を呑むなよ）

（はい）

（朝が二日酔いで大変だろう）

（はい）

（夏には寝ている時に意識の無いままスッポンポンで、朝起きた時気付いたりして）

（はい）


どうしよう……？

どうしよう……？

どうしよう……？

どうしよう……？

どうしよう……？


ここの家の家族構成はどうなっているんだろうみたいな事まで考えた。我が家があるマンションに侵入したとしたら、このマンションにはたしか72世帯が入っている。

交通の便が良く、大きなスーパーも近いので、けっこう老人夫婦が多く入居していると聞いた事がある。

田舎で大きな屋敷に住んでいた老人が、子供たちが出て行き、車が運転できなくなったので買い物に困りだして不自由に感じ、移り住んだ人も多いと聞いた事がある。あー、老人だったら許してくれるかなーなどと淡い期待をしていた。ついでに朝食までごちそうになったりして。

駄目だ、駄目だ。いったい何を考えているんだ、それどころじゃないと自分を叱《しか》った。

そんな場合じゃない。

今、俺は最悪の事を想定していなくてはならない。女性だったら幾つぐらいでどんな服装で寝ているだろうか？

パジャマ？　下着姿？　女性の中には下着を着け無いで寝る人もいるという。

あー、最悪だ。

女性だったらと、年齢層別に想像していた。

18歳以下の女性の子供の場合‥ロリコンの趣味は無いが証明するすべがない。

アー最悪だ。

若い独身女性の場合‥強姦目的ととられても仕方がない。

アー最悪だ。

夫婦の奥さん‥亭主になぐられて警察に通報されるだろう。やっぱり最悪だ。

アー最悪だ。

一人暮らしの老人の女性‥ビミョーウ。

とにかく、若い女性だったら性犯罪目的での住居侵入と疑われてもしょうが無い。

罪はもっと重くなるだろう。最悪のパターンだ。

アー最悪だ。

男性の場合：想像もつかない。

アー最悪だ。

あー、どうしようか？

アー最悪だ。

あー、どうしようか？

アー最悪だ。

あー、どうしようか？

アー最悪だ。


窓の外はまだ暗い。

よく定年を前にして汚職や会社の金を使い込んだり、その他の犯罪で懲戒解雇になり退職金をフイにする記事が出ていた事を思い出した。バカな奴がいるもんだと思ったが……？

（ヒエー）

それって今の俺だー。

後《あと》２か月で定年だ。懲戒解雇にでもなれば退職金はパーだ。自分で自分を猛烈に憎んだ。

強盗目的の住居侵入罪はどうだろう？　凶器は持って無いのでこれは何とか逃れられそうな気がした。

では、窃盗目的ではどうだろう？　言い逃れが難しそうだ。相手に疑ってかかられると、言い逃れする言葉が見つからない。

あー、俺この後どうなるか分からないけど、警察に捕まった後でも病院に行こう。完全にアルコール中毒であることは自覚している。日赤か市民病院だろうけど、精神科はあるのかな？　調べて、とにかく診てもらおう。そうしないともう命が持ちそうに無い。そしてこの後、ひたすら謝ろうと思った。

どうしよう……？

どうしよう……？

どうしよう……？


そうして溜息ばかりをついていた。


そう考えこんでいたらオシッコが我慢できなくなってきて真っ暗でよく見えないなかで、手探りで廊下に出てみた。

誰かいるみたいだ。

その瞬間廊下の照明のセンサーが働き、廊下の照明がパッと光った。

顔を合わせた瞬間二人とも同時に、

「ワー」

と大声で天井のほうを見上げながら叫んでいた。そして同時にお互いに謝っていた。で見た事の無い中年のおっさんが必死の形相で立っていた。

その瞬間、何処《どこ》かの映画のパンフレットで見たのか分からないがオオカミが満月の夜に吠えているシーンを思い出していた。

……？

アレー。

あれー。

アレー。

あれー。

アレー、見たことのある風景だ。

あれー、ここ家《うち》じゃん。

ということは？

そうして、うとうとと考えていたら、

「すいませんでした」

と相手がもう一度謝った。

そうかー。

俺は住居侵入の犯人じゃなかったのだとやっと気が付いた。

住居侵入したのは、このおっさんの方だったんだ。

そうと気が付いたら力が抜けるほどすっかり安心してしまって、ふらふらと腰を落としてしまった。

そして又このおっさんが、

「本当にすいませんでした」

……。

……。

しばらく沈黙があった。

それを聞いて俺はだんだん腹が立ってきて、

「よかですよ、今度は俺が酔っ払ってお宅にお邪魔しますから」

と言ってやったら、

「ヒェー」

と叫ぶようにして家からとっとと出て行った。

後で考えた。そのうち酒を呑みすぎて自分が死んだことも忘れてしまうんじゃないかと思った。

人生何があるか分かりません。皆さん気を付けましょう。

ネットで調べると
前頭葉の障害は様々な現象を引き起こす

問題　あなたが前頭葉を落とした場合次のどれに当てはまりますか◯×などで答えなさい。
△・精神的柔軟性や自発性の低下、しかしＩＱの低下は起きない
◯・会話の劇的な増加や減少
◎・危険管理や規則の順守に関する感覚の障害
・社交性の増加または減少
×・独特な性行動を引き起こす

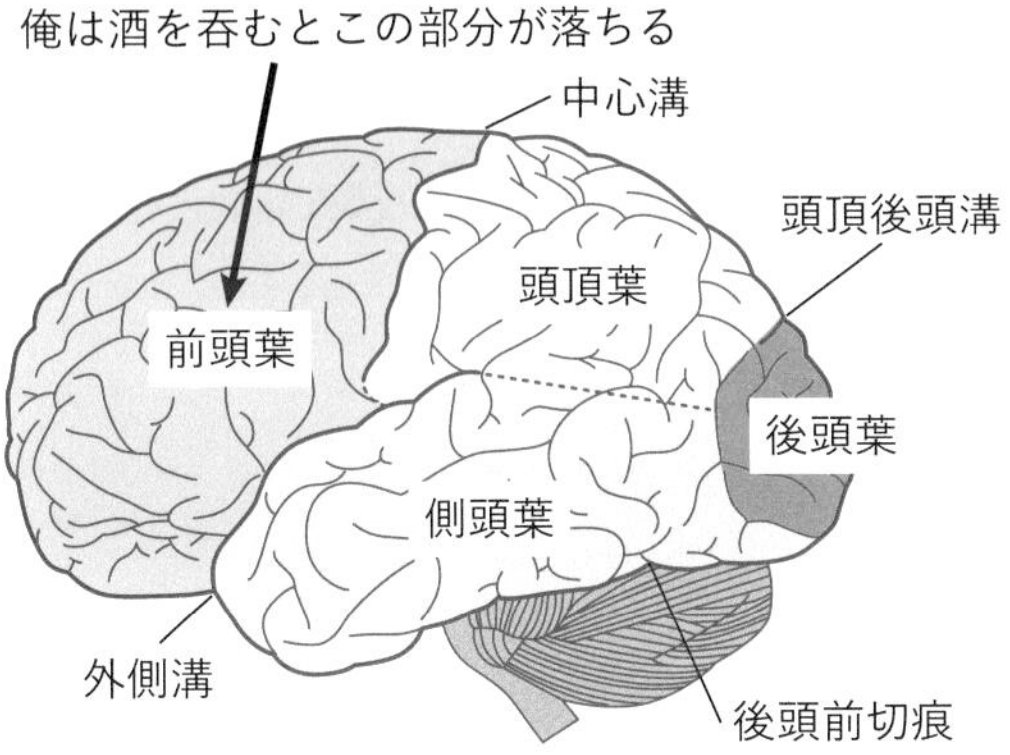

脳：前頭葉

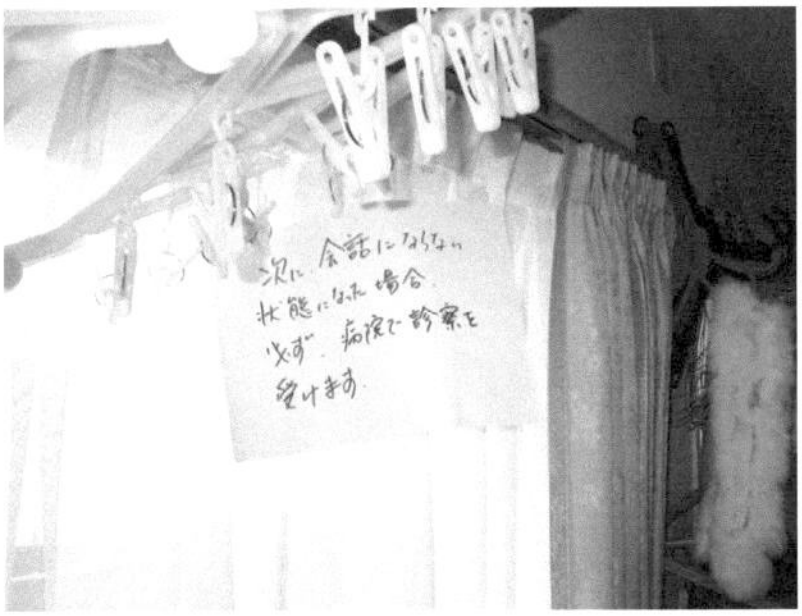

休日前の日、夢遊病者のようにベロベロになって朝起きたら女房がプッツンしていて、これにサインしてハンコを押せと言ってました。
そして、いつまでも吊ってありました。
2月ぐらいかなー。

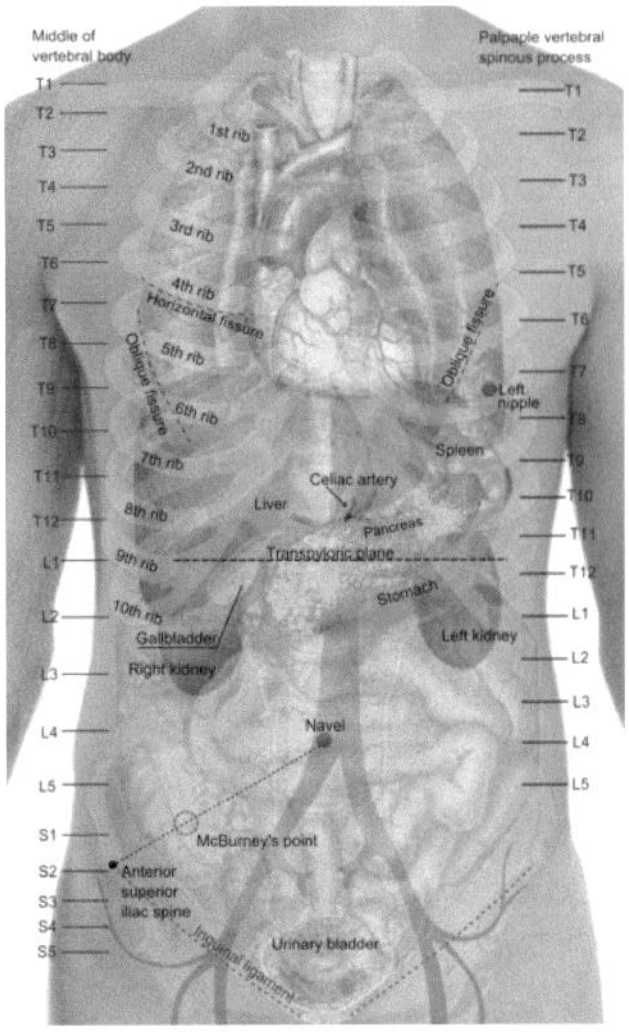

お酒を呑むとγGDPが上がる。正常値は50以下ですがこの前の健康診断で258でした。
計算結果は258÷50＝5余り8です。

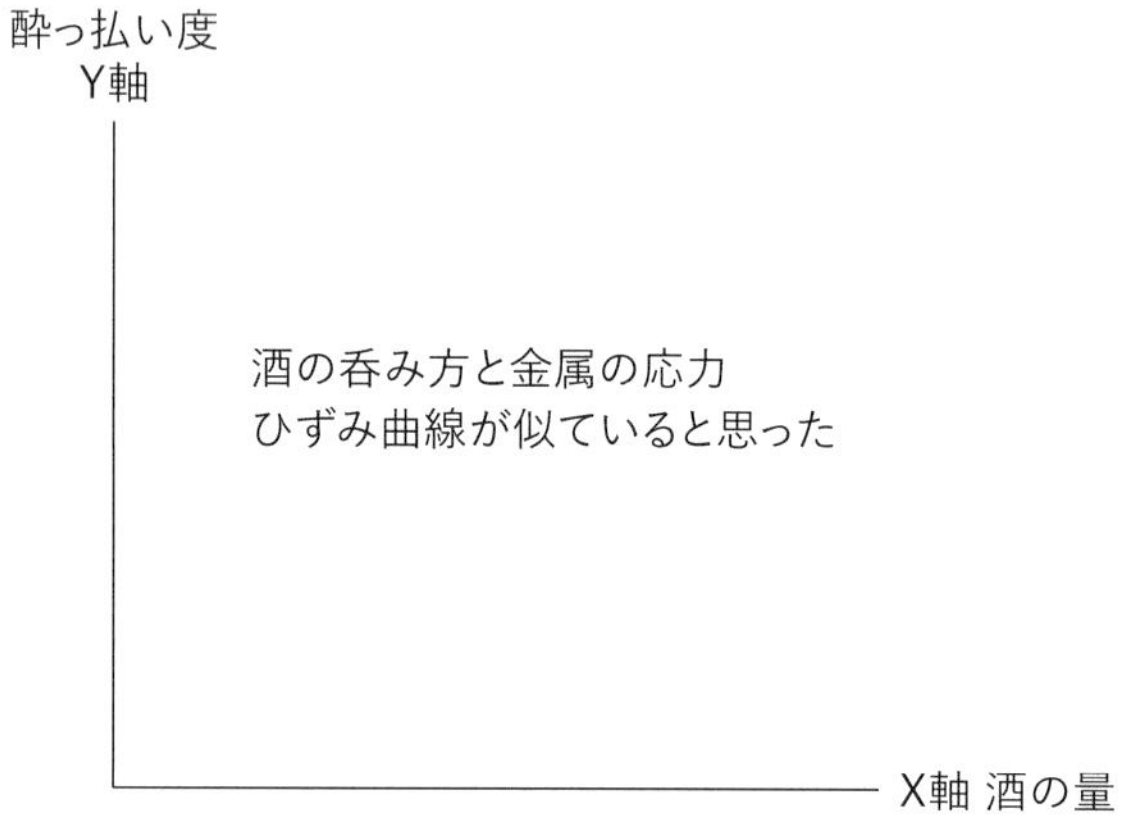

グラフ１

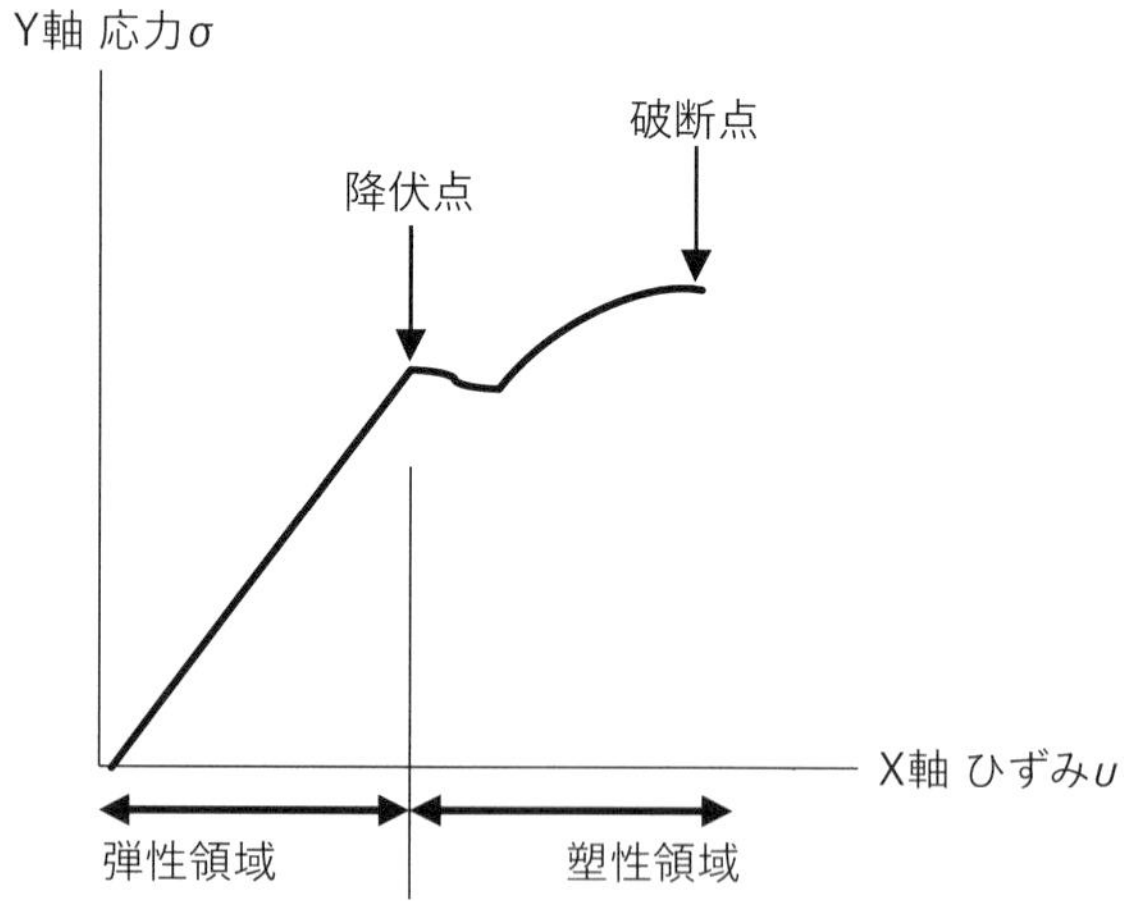

グラフ２　金属の応力ひずみ曲線

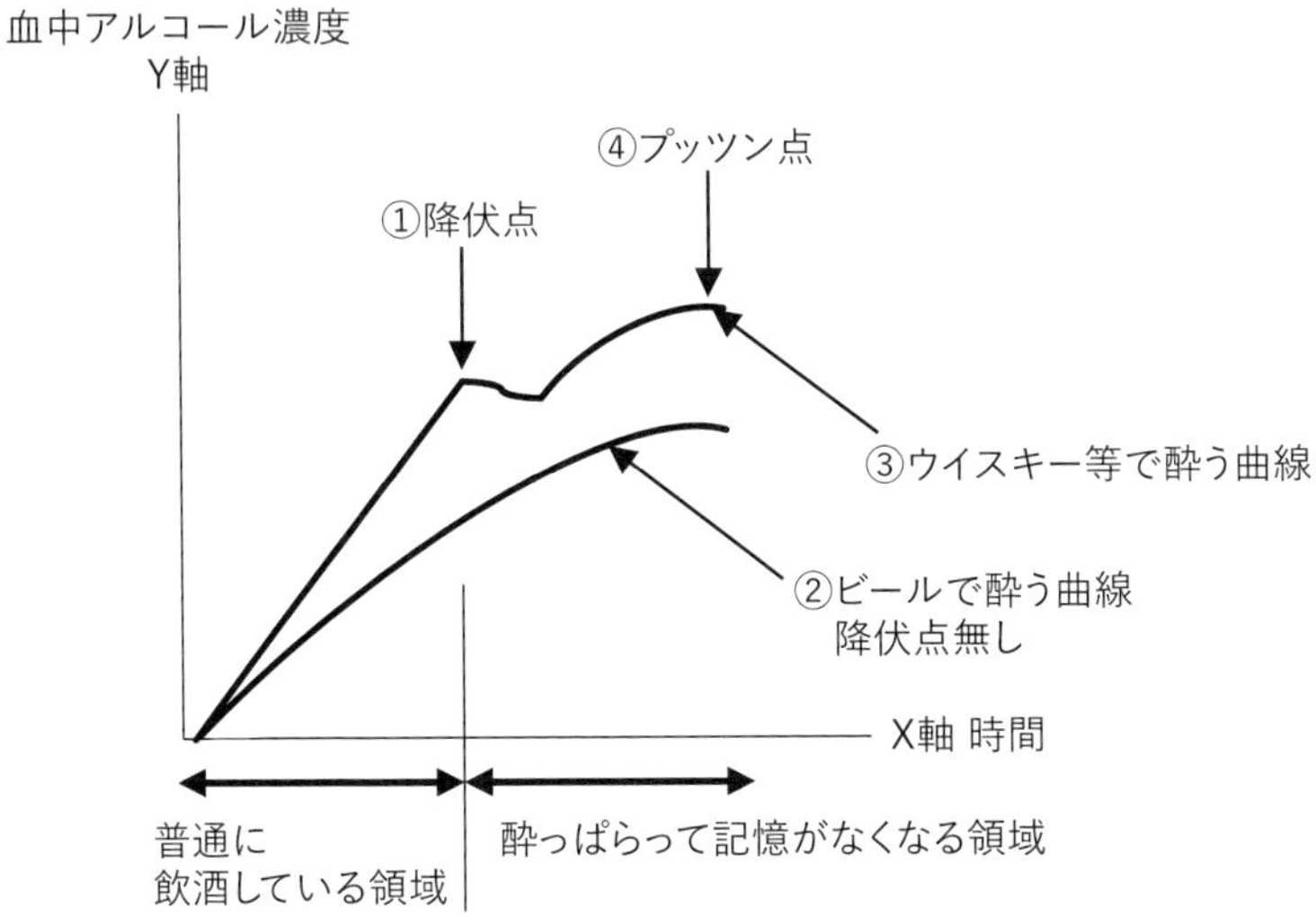

グラフ３

①降伏点：これを超えると二日酔いになる

②ビールで酔う曲線：式では$Y^2=PX$
人によるが少なくとも俺には降伏点が無い

③焼酎、ウイスキー等で酔う曲線：弾性領域では$Y=aX$
aは呑む時の環境による常数

④プッツン点を超えると非常に危険な状態になる。公園や駅のホームで寝た事もある

3　信じる者は？

僕は学生時代国語が苦手だった。小学校の頃はろくに本も読まず、外で友達と遊んでばかりで家の中ではずっとテレビを見ていた。

小学校の国語の授業で作文を書く事があったけれど、作文を書けば誤字脱字、そして文章になってないぐらいひどいもんで、書いた作文はいつも先生に真っ赤に添削されて返されていた。

国語のテストでも答えが間違いだらけで、良い点数を取った事が無くって、これは中学・高校でも同じようなものだった。

字を書けば、ものすごく汚い字なので自分で書いているのに、

「この字なんちゅうて読むん」

と友達に聞いたりもしていた。

小学校3年生の頃、この文章を読んで筆者は何を言おうとしているのでしょう。あらすじを書きなさいというテストがあったので、

(分かりません)

と回答用紙に書いて出したら先生に目いっぱい怒られた事を思い出した。

誰に言われたか思い出せないのだが、ドフトエスキーの本で『罪と罰』ぐらいは読んでいたほうがいいと言われて、高校の何年生の時だったか『罪と罰』を読もうと挑戦したのだったが、イワノフナントカビッチスケノマロみたいに名前がやたら長く、それと俗名で呼び直したりするので誰がだれだか分からなくなってしまい、3歩進んで2歩下がるではないけど、確認する為3ページ進んでは2ページ戻るありさまだった。そんなこんなで読書の途中でギブアップした事を覚えている。

それで数ヶ月後にあと2回ぐらい挑戦したけれど、ことごとく途中棄権となっていた。そこでこのアホな僕が考え出したのが、登場人物を太郎・次郎・花子などとあらかじめ本に書きこんで、気合いを入れて一気に読んだ。

読んだ、読んだ、とうとう読んだぞー。

でも後で考えてみると、俺、いったい何を読んだん。となってしまって、ストーリーがまったく頭に入っていなかったのであります。こんなもんで、『罪と罰』は今一つ物語の筋が分からないままになってしまった。

新聞に平成24年の中学共通テストの問題と答えが出ていたので、国語の問題を読んでみた。

二匹の蛙　新美　南吉

緑の蛙と黄色の蛙が、はたけのまんなかでばったりゆきあいました。

「やあ、きみは黄色だね。きたない色だ」

と緑色の蛙がいいました。

「きみは緑だね。きみは自分を美しいと思っているのかね」

と黄色の蛙がいいました。

こんなふうに話しあっていると、よいことは起こりません。二匹の蛙はとうとうけんかをはじめました。

緑の蛙は黄色の蛙の上にとびかかっていきました。この蛙はとびかかるのが得意でありました。

黄色の蛙はあとあしで砂をけとばしましたので、あいてはたびたび目玉から砂をはらわなければなりませんでした。

するとそのとき、寒い風がふいてきました。

二匹の蛙は、もうすぐ冬のやってくるのをおもいだしました。蛙たちは土の中にもぐって寒い冬をこさねばならないのです。

「春になったら、このけんかの勝負をつける」

といって、緑の蛙は土にもぐりました。

「いまいったことをわすれるな」

といって、黄色の蛙ももぐりこみました。

寒い冬がやってきました。蛙たちのもぐっている土の上に、ぴゅうぴゅうと北風が吹いたり、霜柱が立ったりしました。

そしてそれから、春がめぐってきました。

土の中にねむっていた蛙たちは、背中の上の土があたたかくなってきたのでわかりました。

さいしょに、緑の蛙が目をさましました。土の上に出てみました。まだほかの蛙は出ていません。

「おいおい、おきたまえ。もう春だぞ」

と土の中にむかってよびました。

すると黄色の蛙が、

「やれやれ、春になったか」

といって、土から出てきました。

「去年のけんか、わすれたか」

と緑の蛙がいいました。

二匹の蛙は、からだから泥土をおとすために、池の方に行きました。

池には新しくわきでて、ラムネのようにすがすがしい水がいっぱいにたたえられてありました。その中へ蛙たちは、どぶんどぶんととびこみました。

からだをあらってから緑の蛙が目をぱちくりさせて、

「やあ、きみの黄色は美しい」

といいました。

「そういえば、きみの緑だってすばらしいよ」

と黄色の蛙がいいました。

そこで二匹の蛙は、

「もうけんかはよそう」

といいあいました。

よくねむったあとでは、人間でも、蛙でも、きげんがよくなるものであります。

一　この物語について説明したものとして最も適切なものを、次の1から4までの中から一つ選びなさい。
1　二匹の蛙が協力して困難を乗り越える様子を、音を表す言葉を用いてリズムよく書いている。
2　二匹の蛙が人も蛙も同じ生物だと悟る様子を、動作を表す言葉を用いて客観的に書いている。
3　二匹の蛙が友情を再確認していく様子を、蛙の立場から話し言葉を用いて書いている。
4　二匹の蛙がけんかをして仲直りする様子を、会話を多く用いて平易な言葉で書いている。

……正解　4

今の僕は正解が4である事は分かる。ところが僕はずぅーっとこの手の文書を読んだ後の、4択問題が大の苦手だった。これに気付いたのは、いや教わったのだが、な、なんと20歳の大学生の時だった。

その教えてもらったいきさつは、友人らとマージャンをやっている時だった。話の中で、

「僕、小学校の時から今もだけど、国語がずぅーっと苦手だったんよ。漢字は勉強して覚えれば何とかなったけど、古文、漢文はさっぱりチンプンカンプンだったし、文章を読んで4択の問題なんか、4分の1の確率なんだから25％ぐらい当たってても良さそうなもんだけど、僕なんかそれよりぜんぜん下やったで」

「そりゃー伊藤、お前は国語が嫌いやからやで。それと4択問題は簡単やで」

「えっ、何でー」

以前彼と話をした時、彼は小川君といってあの進学校で有名な△△高校の出身で、相当上位の成績だったそうだ。で、なんでお前みたいなやつがここに居《い》るのか聞いてみた。

「あんたぐらいの成績だったらどこでも行けたんじゃないの」

と言うと、

「目に色弱があって大概の理工系はそのことがあって受け入れてもらえなかったけど、この大学はそれが無かったんや。それで、北信濃駅弁大なら勉強せんでもええと思って」

さすが△△高、勉強せんでも北信濃駅弁大ぐらいは入れるってか？　恐れ入りました。それでなんで4択問題が簡単なのか聞いてみた。

「国語が嫌いなんはその通りやけど、4択問題は何で簡単なん」

「まず、文章を速読《そくどく》する。4択の中には明らかにてんで外れた間違いの答えがあるので、それで残りは

3択になる」

僕は思わず相づちを打って、それはなんとなくそう思っていたので、

「後の事は分かるけど何で速く読まんといけんの、ゆっくり読んでも分からんのに」

「速読はそういう意味じゃない、文章を素早く斜め読みをするんや。そういう訓練をしたら出来るようになる。次に奇妙な事を書いているものがある。これで2択になる」

僕は速読の意味が全く分かっていなかったのだが、

「へー、そうなの」

「最後に文章にはそこまで書いてないのだが、**そうなったらいいなと想像させる回答がある**」

僕は大変な衝撃を受けた。

そうだ、いつも僕はこれに引っかかっていたのだ。

小学校1年の時から高校3年生までの12年間、僕はずっとずっと何も疑うことなく、文章にはそこまで書いていないのに、こうなったらいいなという想像を働かせる回答があり、いつもこれに○をし続けていたのだ。それでいつも×だったんだ。当時の設問の仕方はこうだった。

【さきほどの文章を読んであなたはどう思いますか。次の4つの中で正しいと思うものに○をしなさい】

いつも思っていたのだが、僕がどう思おうと○ではないか。今思えば、さっきの二匹の蛙の回答を例にするといつも3番を選んでいたのだ。3番の友情を再確認していく様子の記述に、そうなればいいなー、と思ってしまい、いつも引っかかっていたんだ。

そうしていらんことばかりを考え過ぎていて国語って、人生そんなに甘くはないぞと教えているのか。それで、翌日、本屋に行って国語の参考書や問題集をいろいろ教えられたように回答してみると全問正解であった。その時のショックと言ったら。俺、12年間いったい何を勉強をしていたんだろ、へなへなとそこに座り込んでしまった。国語問題の出題者の先生達よ、マージャンでいう6ピンをきって3ピンや9ピンで当たるような、そんな人をだますようなことはやめてくれ。

長年、国語に自信の無い僕にとって4択問題は鬼門でいろいろ対策を考えていたものだ。小学校の頃はいつも4択問題で先のように間違い続け、また、何で間違えたのかも顧みることも無かった。どれが正しいかあなたはどう思いますかとの設問に、自分がどう考えようとかってだろ、と半分やけくそだった。小学校4年生の頃だったろうか、しまいにはどうせ考えても不正解ならと思い、鉛筆転がしで回答していた。それをさらに僕をまいらせる事があった。というのはクラスの池田さんという女の子がホームルームの時、先生やみんなの前でこう言った。

「先生、伊藤君は国語のテストの時、鉛筆転がしで答えを出してます。それで早くテストが終わって鼻をほじっています。そんな不真面目なんでいいんですか」

ゲゲー……。

あんた僕がテストしている時の様子を見ていたのかよー。それも鼻をほじっていたのと、鉛筆転がしにどんな関係があるんよ。どうしようと僕のかってだ、ほっといてくれー。そうだ何時もいた、おせっ

かいでくそ真面目な奴が。すると先生が、

「伊藤、今池田が言ってたのは本当か？」

「ほんまです。でも問題が分からんかったんでしょうも無しにやりました。へーでも、みんなも分からんようになったら神頼みせんですかー？」

先生は呆れたような顔をして、

「伊藤、分からんでも一生懸命考えろ、ええか」

「は、はい」

それは注意程度で済んだのだが、僕はどうも納得するに至らず変なことを考えた。自分の家族や親せきの人でも、家の大事は占い師などに拝んでもらって決めているぞー……？

我が家の祖父母は自分達夫婦の部屋に神棚や仏壇があり、おまけに年に1回ぐらいある先祖祭りや時々怪しげな白装束を着た祈祷師なんかも来ていた。いったい何を拝んでもらったり、祈祷してもらったりしているのか母に聞いた事があったが、基本的には伊藤家の家内安全だそうだ。それはそうかもしれない、激烈な戦争体験をした人はどこかそれぞれの、生きる事に強烈な思い入れがあるようだ。

僕は兄弟の末っ子だったが、しまいには拝んでもらったら、この僕を伊藤家の跡継ぎにせよと祈祷師に言われたそうだが、当時の僕としては大変迷惑な話だった。

そういえば当時は大人も子供もだいたいに占いを信じていた人が少なくとも僕のまわりには多かった

ように思う。手相、顔相、生年月日や高島易断など占い方法の多さは事欠か無かった。

そういう僕も半信半疑ながら占いというもの信じていたほうだった。


会社へ入って3年ぐらいたった25歳の時だった。ある日曜日の朝、東京見物がてら池袋の、とあるデパートの一角を歩いていたところ、**占い**と書いた表札がぶらさげてあり、そこに占い師のおばちゃん2人が長机を前に座っていて、その前を歩いていたら声をかけられた。

「お兄ちゃん、今、暇だからただで占ってあげるよ」

「えっ、占いですか。本当にただでいいんですか？」

僕も暇だったので面白半分で、

「それじゃお願いします」

と言って占い師の前に座った。

「じゃあ、ここに名前と生年月日を書いてみて」

と紙と鉛筆を僕の前に差し出したので、言われた通り書いた。ついでに名刺も差し出した。すると、

「どんな関係の仕事をしているの」

「建設業です」

どうも2人の会話を聞いていると、占い師（50歳代だろうか）とその助手（30歳代だろうか、とても綺麗《きれい》な人だ）のようだ。しばらく主役だろうおばちゃん占い師が怪しげな計算みたいな事をしていた。

すると、

「あなた性格が良くって、いい運気があるわよ、若いしこれから楽しみね」

すると隣の助手のおばちゃんも、

「あら本当だわ、いい運気をしているわ」

とすかさず合いの手を入れてきた。

当時、僕は褒め言葉に弱くて、つい俺もまんざらでもないなと調子に乗ってしまった。すると、おばちゃん占い師が急に暗い顔に変って、

「ただねー、ちょっと気になる事があるのよ」

「な、なんですか？」

おばちゃん占い師は僕の顔をまじまじと見ながら、

「ちょっと左手を出してみて」

と言うんで言われた通り左手を出して見せたら、おばちゃん占い師は、

「ああやっぱり思った通りだわ」

すると隣の助手のおばちゃんがまたもや、

「あーそういえば」

とやっぱり合いの手を入れてきた。不安になってきた僕は、

「な、なんかありますか？」

と訊《たず》ねたら、おばちゃんたちは互いの顔を見合わせ、うんうんとうなずいて、

「あなたは近い将来大病を患《わずら》うわ、それと女難《じょなん》の相もあるわよ」

（ヒェー）

少しの間沈黙が続いた後、僕は聞いてみた。

「病気するんはどこが悪くなるんですか？」

「心臓ね」

（えっ、心臓）

今まで健康診断で指摘されたことは無いし、マラソンなんか持久力はそこそこあると思っている。追い打ちをかけるように隣の助手のおばちゃんが、

「あなた、まだお若いのに気の毒にねー」

（ヒェー）

落ち込んできた僕に隣の助手のおばちゃんが、

「この人可哀そうね、先生何とかならないかしら」

かの僕は意気消沈していた。

おばちゃん占い師はしばらく考えている様子で、僕はますます不安になった。そうしていたらおばちゃん占い師がやっと口を開いた。

「あっ、いいものがあるわ」

「なんですか？」

「お守りの印鑑よ」

「印鑑ですか？」

「あなた印鑑、持ってる？」

「帰ればシャチハタネームを持っていますが」

「ダメダメ、そんな物。うちらが勧《すす》める御利益《ごりやく》がある印鑑を買って持っていれば大丈夫よ」

「そんな印鑑があるんですか？」

「印鑑証明って知ってる？あなたも将来結婚して一家の大黒柱になったら絶対に必要になるわよ」

「印鑑証明ってなんですか？」

「印鑑証明は将来あなたが家を買ったり土地を買ったり、ローンを組む時なんかに必要で運転免許証や健康保険証みたいなものよ、でもねー、あなたが大病して結婚ができるか心配だわ」

（ヒェー）

「買います、買います」

するとすぐに隣に居る助手のおばちゃんが、

「こっちへ来て」

とそこの裏側にあるカーテンで仕切られた一角に案内された。そこはずいぶん蒸し暑い所だった。助手のおばちゃんが、

「蒸しむしするわね」

と言った。そしていきなり胸のボタンをはずしセンスで胸の内側を扇《あお》ぎ始めた。ピンクのブラジャーが丸見えであったのでまだ若い僕は見て見ぬふりをして横目で必死に覗き込んでいた。そしたら今度はスカートまでめくり、太ももをあらわにしてセンスで扇ぎだした。当時の僕には（クラッ）とくるほど目の毒であった。それなのに助手のおばちゃんは平気な顔をしていた。そして覗き込んでいたら目と目が合ってしまってとってもまずいと、とっさに目をそらしていた。そして目を上げたら助手のおばちゃんはニッコリとほほ笑んでいた。

助手のおばちゃんの大サービスはそこまでだったがあと少しスカートをめくりあげてパンツまで見せられていたら一撃必殺の猛毒を食らうところだった。

そこで心に決めた事があった。それはパンツだけは毎日履き替えておこうと。

そうしているとそこにはもうすでに印鑑と印鑑のパンフレットが置いてあり、目をやったら、んんー、僕は目が点になるのが自分で分かった。まず、はじめに目に飛び込んできたのがその値段の高さだ。印鑑2本セットでせいぜい３０００円ぐらいだろうという認識しかなかったのだが、何度見ても1のあと0が6個ついていた。おばちゃんはすかさず、

「私こっちの40万円のやつを無理して買ったけど、それからとっても運気が上がったのよ。家族の病気は治るし、この前、万馬券が当たるし、私時々パチンコをするんだけど、この印鑑を買ってからというもの絶好調よ」

僕は高いやつほど運が良くなるんだとすっかり思い込んでいたのだが、何しろ印鑑2本セットで100万円はどう考えても高すぎた。それで聞いてみた。

「何で2本もいるんですか」

「それはね、あなたの名字だけの印鑑と名前まで入れた印鑑があって、普通2本1セットと相場が決まっているのよ」

「それにしても100万円は高すぎるし、一生かけて払わんといけん」

そうするとおばちゃんはパンフレットを持って来て、

「100万円から20万円ぐらいずつ値段が下がっているのよ、この20万円の印鑑でも十分運気が上がるわよ。あなた立派な会社に勤めているんだからローンも組めるわよ。だってローンも組めない人は世の中にはいっぱいいるのよ。よかったら私が手続きしてあげるわよ」

僕にはどれも一緒のように見えたのだが、ただ値段の高い印鑑はよりキンキラ金になっていて、その印鑑を入れる宝石箱のような形をした箱も同様に高いほど高級感があった。

「一番安いんはいくらですか、それと値段でどこが違うんですか？」

「それはね、高い物はそれなりの材料を使っているし、祈祷もその値段なりに時間をかけてあるのよ。そうね、一番安いんで20万円のがあるけどこれでも十分ね、あなた運気が強いから」

ほめて持ち上げたり、脅《おど》かされたりして僕は完全に洗脳されていた。

「やっぱり運気が少々下がってもいいです、こんな高い買いもんする位なら大病も我慢します」

そう言うとおばちゃんは怒り出して、

「あんたなんば言うとね、病気したらなんもならん。うちあんたを一目見て可愛《かわい》かー、幸せになってほしか思うてゆうてあげとるとよ」

おばちゃんは九州弁丸出しになった。それでも僕が考え込む様子だったので、おばちゃんは、

「あんた今なんぼお金持っちょると？」

「10万円ぐらいは持ってますけど」

当時、給料は現金支給だったし、寮生活で食事は3度3度出るし、それも天引きだったので現金が無くてもそんなに困らなかった。そして残ったお金は自分の自由に使える、俗にいう独身貴族だった。

すると助手のおばちゃんが、

「よか、10万円で。うち、先生んとこ行って負けてもらうようにたのんであげると」

そうして助手のおばちゃんはカーテンを開けて、先ほどのおばちゃん占い師の所でひそひそ話をしていた。そして間もなく帰って来て、

「何《なん》ぼなんでも10万円では売れんて言ってるよ、せめて15万円ぐらい出せません？」

また、おばちゃんは標準語に戻っていた。そこで僕はこれは交渉事だ、頑張ろうと思い、

「やっぱりやめときます」

と言って帰ろうとしたら、おばちゃんが突然僕の帰り道を両手で遮《さえぎ》るような動作をして、

「よか、うちが5万円払ろうちゃる。あんた可愛かもんなー」

「そりゃおばさんに悪いわー、見ず知らずの僕なんかに5万円も払うてもろて」

「よかとよー」

と言って僕の腕をつかみ、先ほどのおばちゃん占い師の所へ連れて行って、さて、お金を払うことになったのだが、助手のおばちゃんはさっとハンドバックを開き何十万円入っていたのだろう、封筒を出しそこから5万円を数えて出した。僕は財布から10万円払うとあと2千円ぐらい残っていた。おばちゃん占い師は5万円出してくれた助手のおばちゃんに、

「せっちゃん、本当にいいの？」

「よかよか、こん人可愛かもんなー」

「どうもすいません」

印鑑買うのに何で僕が謝らんといけんのかと思いながら、てな次第でとうとう印鑑2本を10万円で買う事になった。で、その印鑑はというと、おばちゃん占い師が、

「あんた運がいいわよ」

「何がですか？」

「この印鑑は飛ぶように売れていて、普通注文生産で1か月待ってもらうんだけど、あなたの名字（佐藤）はよくあるし、後は名前を入れるだけだから今10時でしょ……午後の3時ぐらいに出来るんでその辺でお茶でも飲んで待ってて」

5時間もお茶なんか飲めるかよ、と思いながら暇をつぶしていた。

そして5時間ぐらいたってそこへ行くと印鑑が出来ていて、おばちゃん占い師が説明してくれ、印鑑を押して見せた。この時はお礼しようと思っていた5万円提供してくれた助手のおばちゃんはいなかった。

「これが名字だけの印鑑で、こっちが名前と両方の入った印鑑よ」

見るとくねくねしていてすぐに伊藤とも敏夫とも読めなかったのでけげんな顔をしていると、

「周りの淵の円に名前の字が引っ付いてないのは縁起が悪いのよ、あんたいい買い物したねー。きっと運気がぐんぐん上がるよ」

「どうもありがとうございました、ところでさっき言っていたジョナンて、なんですか？　難《なん》は分かるんだけどジョって何のジョですか？」

「女、おんなよ。悪い女に引っかかって苦労するって意味よ」

「ほんなら僕はどうしたらええんですか？」

「さっき印鑑買ったからもう大丈夫、それと変な女には引っかからないように気を付けてね。世間には悪い女がいっぱいいるからね」

「はい、了解しました」

と礼を言ってその場を去った。

帰りに暇だったのでパチンコでもしようと思ったのだが、先ほど10万円の買い物をしたので2000

円しか残っていなかった。そうこうして地下鉄の駅に向から途中、なにげなくタバコを探していたらジャンバーの内ポケットにお札が入っていた。見ると5万円あるではないか。そうかこの前みんなで呑みに行った時のお金だ。先輩におごってもらったので残っていたんだ。早速《さっそく》さっき買った印鑑のおかげで運が良くなった気がしてとってもうれしくなった。

よし、パチンコに行こう。こっちには運気上昇間違いなしのウルトラパワーの印鑑がある。パチンコ台が大爆発する、印鑑代を取り戻そう、そして酒池肉林だー。これはいい買い物をしたぞ。やっぱり花の都、東京だ、何でもあるなと思った。そうしていると負ける気がしなくてルンルンとスキップをしながらパチンコ屋に向かった。

さてまだ勝ってもないのに浮かれながらすぐそばにあったパチンコ屋に入りパチンコ台を選んだ。当時流行《はや》り出したパチンコは一発台と言って、7や3の数字がそろうと大当たりするのだが、その昔のようにチューリップに入ると少し玉が出るような柔らかい勝負では無かった。だから勝つ時も負ける時も5万や10万円というもので30分負け続けると1万円負けてしまう。早速空き台を探した。台を決める判断の基準は僕の場合ハマリ台と言って、僕より以前に座った客が勝ったか負けたかで決めた。それはこの台の大当たりの回数がパチンコ台の上の方に3日前まで出ている事で分かる。やっとメガネにかなう台が見つかったので座って打ち始めた。この台はこの3日間大ハマリしている台だった。

まずは1万円目投入、見栄を張ってこれくらいで大当たりすると思うほど僕は了見《りょうけん》が狭い男ではないと自分で自分に言い聞かせた。余裕、余裕、いつも期待し過ぎて失敗しているじゃないか。これは台を爆発させるほんの呼び水ぐらいだ。なんせ僕にはウルトラパワーの印鑑がある。

打ち始めて30分1万円投入したが全然大当たりする気配が無い。でもウルトラパワーの印鑑が取り戻してくれるので負ける訳が無い。ワハッハッ。

そして2万円目を投入した。そうしていると隣で僕より先に打っていた50歳ぐらいのおじさんが突然台を立ち椅子を蹴って、

「ちぇっ、4万突っ込んだのに一回もカカリャしねいや」

と捨てゼリフを言って店の外に出て行った。

それを見ていた僕は、他人ごとだからそんなこともあるよなー、と自分はそうはならないぞと心に決めて打っていたら、その台にすかさず女性の年はよく分からないのだが30歳ぐらいのお姉さんが座った。

そうして打ち始めて1000円目ですぐに大当たりとなった。

僕は内心『ワオォー』となった。で、よく見るとこの人は美人だったのだが、台が大当たりになったのだけどニタリともしない。普通の人間は台が大当たりするとニンマリぐらいはするものだ。で、このお姉さんしきりにしゃべりかけてくる。

「パチンコよく来るの？」

「仕事が忙しくてあんまり来ません」

何処から来たのかとか、何処に住んでるのかとか、仕事は何してるのとかいろいろ話しかけてきた。

そうしているうちにお姉さんはあっという間に3連チャンした。

さっきの助手のおばちゃんが無理して40万円の印鑑を買って、パチンコは絶好調と言っていたなー。

でも2万円目も大当たりは無しだった。

『ウルトラパワーの印鑑様、ぼちぼち出番ですよ』


3万円目を投入して打ち続けたが当たる気配が全然ない、でも僕にはウルトラパワーの印鑑がある。

きっとウルトラパワーの印鑑がピカッと光ってこの台が大爆発する。僕は10万円で買った印鑑を取り出して恥も外聞もなく右手でパチンコのハンドルを回したまま、左手に印鑑を持ち、その左手を座ったまま背伸びして、ウルトラマンが変身する時のようなしぐさをしてみた。

（シュワーッ）

とやった後で、周りの人がこっちをじろじろ見ていたが全然恥ずかしいと思わなかったのは、負けがだんだん込んできてそれどころでは無くなっていたからだ。

『ウルトラパワーの印鑑様、まだでしょうか？』


4万円目投入、でも当たらない。

そうしているとお姉さんが3連チャンした後、缶コーヒーを買ってきて僕にもくれた。

「どうもありがとうございます」

とは言ったものの、こちらはそれどころでなかった。

すると、お姉さんはまた2連チャンした。でもこの人は相変わらずニタリともしない。そしてなんだか僕を見る目は気の毒そうにしていた。僕を見て、このおじさん可哀そうと思ったのだろうか。当時、僕はみんなから老け顔と言われていて、25歳なのに40歳ぐらいだとよく言われていた。

そういえば1年ほど前にパチンコをしていてすごく恐ろしい目にあった事を思い出していた。それは、ある日曜日の昼間、混み合っているパチンコ屋に入ったのだが、台がほとんど空いてない状態だったので、何処か空かないか台を探していたら、すっかり腰の曲がった白髪のお婆さんが台を離れた。お婆さんに、

「もう打たないんですか？」

と訊ねたら、

「いくら打っても出ないんで台を移ります」

と言うのですぐにその席の台にタバコを置き、両替に行って打ち始めたら1000円目でなんとすぐに777がそろった。そしたらいきなりお婆さんが耳たぶに触るぐらいの近さで、

「さっきまで私が年金でもらった3万円をはまった台なのに」

（ヒェー）

恨めしそうにそれは吐く息が感じられるほど耳元近くで囁《ささや》かれたのでびっくりしたし、この時僕は尋常ではない殺気を感じ本当に怖くなっていた。まるで実弾の入ったロシアンルーレットを試されているような恐怖だった。ここで僕は心の中では笑顔満面であったが、決して喜びを表情に出してはいけないと口をぎゅっと締め続けた。パチンコ台が大当たりして僕が喜んだりしたら、このお婆さんに何をされるか分からないと思ったのであります。

そして、パチンコの玉が出ている間、殺気を感じていたのは、そのお婆さんは僕のすぐ後ろから離れようとしないからだった。

そうしているとまた７７７となった。

『あっ、いけない顔がゆるんでる』

またギュッと歯を食いしばった。僕は内心嬉しくてしょうがなかったのだが、そのお婆さんがまたもや、

「さっきまで私が年金でもらった３万円をはまった台なのに」

とまた耳元で囁いた。

（ヒェー）

僕はパチンコ玉が出ている間気がきでなかった。持っている杖で突然後ろから殴られるかもしれない、そんな恐怖がずぅーっと僕を襲ったのだ。

そうしていたら今度はこのお婆さん、僕の真後ろで立ったまま小さな声で何処かで聞いた事のある民謡を歌いだした。

（ヒェー）

その瞬間、俺はそのお婆さんが悔しさのあまり、とうとう気がふれたんじゃないかと思った。とても恐ろしくなった。杖で殴り掛かってくるかもしれないとまた思った。

そうこうしていると、なんと7連チャンした。それはお婆さんが突っ込んだ3万円分以上だったのだが、その間約1時間くらいだったろうか、お婆ちゃんはずっと僕の後ろに立っていたのだ。その間さっき言っていた言葉を4回耳元で繰り返されたものだから、僕はずっとクールな顔でいるよう懸命に喜びの笑いをこらえていた。

それで、連チャンが終わったら逃げるようにすぐさま換金してパチンコ屋を出た。最後にお婆さんを見たら、睨《にら》みつけるように恨めしそうにこっちを見ていたのでとても怖かったのを思い出していた。

ところでお姉さんがまた2連チャンした後、このお姉さんが、

「私、お腹がすいたんだけど何か食べに行かない？　勝ったからおごってあげる」

なんでー、こちらはそれどころではないのだ。なんとか、勝たなくてもいいからチャラぐらいにはしたかった。

【終戦間近の日本ではないが、欲しがりません、勝つまでは】

の心境だったし、待てよ、占いのおばちゃんが、

【悪い女に引っかかっちゃだめよ】

と言っていたのを思い出した。ひょっとしたら女難の人かもしれないと思った。

とにかく、取り戻すのだ。で、すっかり大当たりすると思っていたので、

「せっかくですけどさっき食べたばっかりなんで」

と丁重にお断りしたら（本当は腹がペコペコだったのだが）

「頑張ってね」

と言って玉の交換を店員に頼んで景品交換する方に向かって行った。お姉さんは5連チャンしたので人の財布を計算してもしょうがないのだが、3万5000円ぐらいあっという間に勝って去って行った。


やっぱり100万円と10万円の印鑑は御利益が違うのかなー、不安になってきた。


そうしてとうとう5万円目投入になった時にウルトラパワーの印鑑を信じてよいやら、さっきまであった信念がぐらついてきた。パチンコ台もそろそろ出してやろうとロム（パチンコの当たり確立を調整するもの）も作用するだろう。そしてポケットから印鑑を取り出して（ナンマンダー）と拝んだ。そして、

『ウルトラパワーの印鑑様、値切ってごめんなさい』

と謝った。

でも効果なくどんどん1000円ずつ目減りしてゆき、最後に残った1000円分の玉が無情にも減ってゆく。でもここまでくると印鑑なんかには頼み事はしない。やっぱり最後は神様仏様である、が、最後の玉が無くなった時僕は考えた。この世には神も仏も無い、ましてやウルトラパワーの印鑑の運気上昇などある訳が無い。

そしてまた思った。このパチンコ台には人の優しさとか悲しみは分かるわけが無いし、こんなに負けたのだからぼちぼち出してくれるだろうと思った僕はお人よしだった。なにしろ相手は機械である。タコを相手にお願いしたって……バカ。

ふらふらになりながらパチンコ屋を出た。恐らくその時、他人が見ていたら僕は夢遊病者《むゆうびょうしゃ》に見えたかもしれない。人は信じた人や信じた事柄《ことがら》に裏切られた時、ショックがより大きい。同じ5万円負けた時よりずっと強烈なショックを味わった。何しろ今日10万円する御利益《ごりやく》のあるだろう印鑑を買ったばかりだったのだから。

腹が減ったので食事をとろうと思い、通り道にあった古びた食堂に入って瓶ビールを頼んでそれを注いで（グィ）と飲んだらなんだか泣けてきた。少し酔いが回ってくるとだんだんと気が大きくなってきて（こんな日もあるさ）と思い始めていたらおばちゃん占い師が言っていた（女難の相）って事が気になりだした。付き合っている人もいないし、僕の職場は建設業関係なので女性は皆無である。将来僕は女性にだまされるんだろうか……？

たしか悪い女性に引っかかるなと言っていたな。

いったい僕にはどんな女性と縁があるんだろう？　そんなことをぼんやり考えながらぼちぼち帰ろうとしてお勘定をして１７００円ぐらいを払って池袋駅で東武東上線に乗り練馬に向かおうとしていたら小銭入れが無い。僕はあわてた。たしか５００円ぐらいは入っていたので乗車券は買えるとたかをくっていたのだが、ポケットを全部捜したが無い。（ガーン）とりあえず残金で行ける所まで地下鉄に乗って行って後《あと》は歩こう。

当時僕は東京に来たばかりで右も左も分からないので、何処かの駅で降りてそれから道を聞きながらひたすら歩いた。そして帰り道にハンコ屋があったので中に入ってみた。僕が買ったような印鑑がいったいどれくらいするのか確かめてみたかったのだ。するとよく似たような印鑑があって３０００円から一番高いものでも2万円だった。

どうも腑《ふ》に落ちない思いで、もやもやしながら道に迷い2時間ほどかかってやっと寮についたら午前様になっていた。そして途中歩きながら考えていたらある結論に達した。それは、

【僕に女難をもたらした相手の女は、占い師のおばちゃん、あんたたちだ】

寮に帰ってポケットの印鑑を取り出して紙に押してみようと思ったが、適当な紙が無かった。朱肉は机の中にあったので朱肉に印鑑を押しこみ、さてどこに押そうかとやっぱり適当なものが無かったので、2本あった印鑑を自分の左右のほっぺたに押してみた。そして鏡を見たら思いっきりバカな顔がそこにあったのでまた泣けてきた。

数年後、この時の事を思い出して思った。人が信じられ無くなったり、何かに夢中になれなかったらなんとつまらない、薄っぺらな人生だろう。

そして思った、信じる者は救われるというけど、何事もそうだが、信じる事もさじ加減が大事なんだという事を。

4　恐怖の金持神社ウォーキング大会

還暦まであと1年になった。私は最近になって時々あちこちの地方で開催されているウォーキング大会に参加している。

参加する季節は行楽シーズンのみであるが、歩く時に感じる風がとても心地いい。よく年配の人でもマラソン大会に参加する人がいるが私には絶対無理。でもウォーキングなら私の体力でもなんとかついて行けると思っていたのです。ところがこの時だけは違っていた。

それは昨年の平成26年11月に行われた鳥取県日野郡日野町の滝山公園から金持神社までのウォーキング大会に参加した時の事です。

(私の会社の社員はほとんどが転勤族なのだが、その中には仕事仲間で取鳥県と書いていた人を何人か見たことがある。よっぽど山陰の鳥取県は知名度が低いのだ。そして人口の一番少ない県でもある)

コースは3コースあり、Aコースは上《のぼ》り下《くだ》りの全14・4㎞を歩き金持神社でゴール。Bコースは頂上までバスで送ってもらい下りのみの8・5㎞を歩き同じように金持神社でゴール。Cコースは上りのみの5・9㎞を歩き頂上からはバスで金持神社まで送ってもらうというものです。参加料は1000円で、ウォーキングの最後に金持神社のお土産屋付近で、しゃぶ汁といってトン汁に似た味噌汁がサービスでふるまわれていて、弁当は大山おこわといって５００円ほどで売られていた。もう一つ最後に参加賞みたいに無料でくじ引きがあり、地酒やいろんなものが当たるような仕組みで企画されていた。

最後は全員金持神社からバスのピストン運行で、スタート地点の滝山公園に送ってもらい解散です。滝山公園が集合場所になっている訳は、広い駐車場があるからと後で頷《うなず》けた。

インターネットで情報を確かめたら、Ｂコースは下りのみを歩くゆったりコースとあったので迷わずＢコースを歩こうと決めて出かけたのであります。

さてバスでコースの頂上まで送ってもらい、Ｂコースを選んだ50～60人程で、さあスタートと相成りました。最初、はりきっていたので先頭集団に混じって出発していたのですが、いきなり急勾配の下り《くだ》坂で、ほっておいてもかってに足が前に出て、これは楽チンで調子がいいと思ったし上りが無いので息も上がらず、今日のウォーキングは楽勝《らくしょう》だと思ったのです。そして昔マラソンはまあまあ早かったので、一等賞で行こうかと思って先頭集団を歩いたというより走っていた。

ずっと小走りに走って下っていたのでどれくらい来たのかさっぱり分からなくなって、先頭で誘導してくれていた主催者の人に、

「もう半分ぐらい来ましたか」

と尋ねると、

「まだ１km程《ほど》じゃ」

という答えが返ってきたので、自分の距離感の無さにがっくりした。

しかし調子が良かったのは最初の１㎞ぐらい迄で、そこから少し右足首に痛みを感じ、歩くにつれ痛みはだんだんひどくなってきて、足をかばうように歩いていたので体力も消耗してゆくのがはっきり分かった。

そうしていたら集団からどんどん遅れをとるようになり、とうとう私の後ろには10人程になっていたのです。

そして６㎞ぐらいは十分歩いたと思っていたら、あと５㎞（ということはまだ３・５㎞しか歩いていなかったという事だ）とカラーコーンに表示されていたので少しショックを受けてしまった。そして歩きながらいろんなことを思い出していたり、無心になったりしていた。

そうこうしているうちに後ろで歩いている人に次々抜かれて心がへこんでいった。


６㎞ぐらい来た所で、Ｂコース最高齢であろう女性（おそらく60歳代後半）に追い越された時は、

「マイペースで行きましょう」

と励まされる始末で泣きそうになった。

それから５００ｍぐらい歩いていたら後《うしろ》から歩いて来た人にも抜かれた。自分はＢコースの最後尾だと思っていたので、

（あれっ）

と思っていたら、Ａコースの先頭の人だと気が付いた。この人は私と同年代だと思うが、同時ぐらいにスタートしたはずなのにもう13㎞程を歩いて来たのだと思ったらまたショックを受けてしまった。その人はさすがに足取りがしっかりしていたし歩く姿勢がとても良かった。

そしてコース最後の頃にはＡコースを選んだメンバーの15人ぐらいに抜かれていた。

やれやれ、最終地点まであと２００ｍぐらいまで来た時、やっと無事に帰れると思い胸をなでおろしていたら、この行事を主催しているお世話係の人に、

「最後に金持神社にお参りください、きっと御利益《ごりやく》がありますよ」

と言いながらお参りするよう手で誘導されたので促されるまま歩いて行った。そしてそこには４、５段の石段があり、その石段を上ると踊り場になっていた。

そこで上を見上げたら、その上に大変たくさんの階段があって（クラッ）として思わずべべちゃんこをしてしまった。そしてしばらく息を整えて立ち上がると今度は立ちくらみで、またしゃがんでしまった。

今度は立ちくらみが無いようにゆっくりと、ゆっくりと立ち上がって、また上の階段を見上げて、

「絶対無理」

とつぶやいて二歩三歩帰りかけたが、そこに同年代の奥さんがいて、

「ねえー、足が上《あが》りませんが、74段もあるそうですよ」

それを聞いて反射的に踵《きびす》を返しておもむろに階段を上り始めていたのです。でも脚力がすっかり弱っていたので幅3ｍほどある階段の中央の手すりの左側を歩き、左手を手すりの下に、右手を手すりの上にして尺取虫のように腕の力で体を持ち上げるようにして上って行った。きっととっさのことで、深い潜在意識の中で私は、

（ばかにすんな、俺はあんたと違う。俺は上れる）

ぐらいに思ったのでしょう。

石段を上りながら途中で逃げ出したくなって、おばさん早くいなくならないかと何度も下を見たけど、ぜんぜん動こうとしていなかった。後で分かったのですが、そこにいた奥さんは自分が上れないので、ご主人が下りて来るまでそこで待っていたのです。

そしてあと頂上まで7、8段の所まで来たところで腕の力も無くなり手すりから両手がはずれかかって、左手の薬指と小指がかすかに引っかかった状態で体がガクッと半回転して転倒してしまった。

（あいててー）

腰を思いっきり打ってしまったのですが、とっさにいかにもかっこ悪いと思ったのでしょう、何事もなかったようにすぐに立ち上がっていた。

でもその瞬間自分でも驚いたのだが、ほんの1、2秒だったはずなのにスーパーコンピューター並みに頭が働いた。

（あー空はこんなに青いんだー）

と思った。人は死ぬ時に走馬燈を見ると言うがこれはプチ臨死体験ではないかとも思った。下を振り向くとさっきの奥さんが噴き出し笑いをしていた。きっとそれみたことか、ざまーみろと思ったに違いない。こんなことになるんだったら変な見栄みたいな事を考え出さなきゃよかった。

そしてほうほうの体《てい》でそこからはいずりながら頂上に上った。きっと上から見たらホラー映画の貞子がテレビからはい出る様子だと思った。金持神社で賽銭を入れて、家まで無事に帰れますようにと、どうしてだろう、ナンマンダーと念仏を唱えていた。

金持神社の神様もさぞこまったと思います。

金持ち神社は開運とか金運をお願いする神社なのに、念仏を唱えて命ごいをした人間はこの私が初めてじゃないだろうか。

そして金持神社から下りて、最終地点のお土産屋付近に来た所で20代の若い可愛い子ちゃんが私を見るなり手をくねくね上下に振りながら笑い出していた。よっぽど私がふらふら歩いていた姿が面白かったんだろう。彼女は思わず笑い出して失礼だと思ったのだろう、顔を思いっきり下に向けて笑いをこらえていた。でも笑っているのが手に取るように分かったのは、肩とおなかがひくひくしていたからです。

近づいていて通り過ぎた時、私が、

「最後の石の階段でトドメを受けた」

と言ってほんの少し通り過ぎたら、大きな声で噴出し笑いをしていた。

それを見て、

（俺、とうとう笑われちゃった）

私の顔に何か米粒か鼻くそがついているんだろうかと思い、顔をさすってみたけどそんなことも無いみたいだった。

アーア、何処がゆったりコースだと思いながらヘロヘロになって家に帰ったのです。


それから一年が過ぎた頃、日野町から金持神社ウォーキング大会の案内状が来た。去年参加した時、何かあるといけないので住所・氏名等を書いていたのだ。聞いた訳ではないがおそらく参加費の中に保険料が入っていたんだろう。

そこで、（あれっ）と思ったのはBコース案内図に昨年の案内図に書いてあったはずのゆったりコース の文字が消えていた。これって俺のせい？　よし今年は去年の敵《かたき》を討とうと思って再挑戦してみた。


スタートして去年の轍《てつ》を踏まないように杖を使ってゆっくりゆっくり歩いたのですが、ウォーキングBコースの半分ぐらい来た所で、昨年と同じようにやっぱりふらふらの状態になっていた。

それにしても今年の夏は天気予報によれば、例年に比べて暑かったとニュースで放送していたが私はあまり暑いと思わなかった。よく年寄りが家の中で熱中症になり死亡したニュースを聞く。歳を取ると感受性が弱くなって自分の水分が足りてないことに気付かないらしい。普通、人は水分が足りなくなる

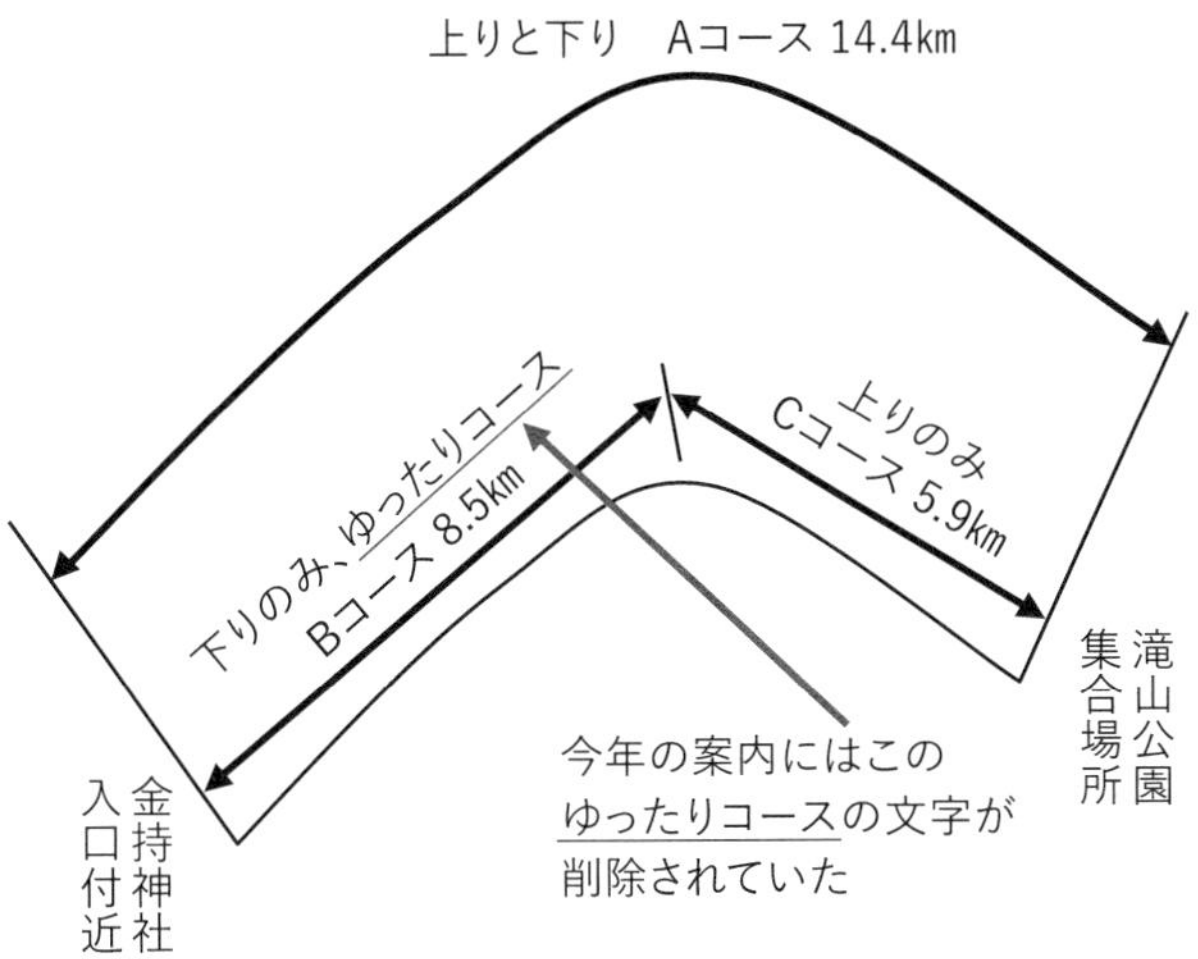

昨年のコース案内

と脳が反応して喉が渇くものだと聞いていたが歳を取るとそれも分からなくなるのだろうか。私もそれに近づいているらしい。

　そしてこの年になって夏でも汗をかきにくくなったのは、新陳代謝が弱くなったのだろう。

　歳を感じた。まだ死ぬ訳にはいかない。そうだ水を飲もう、と思いペットボトルの水を飲みほした。

　ウォーキングをしていると眠りでレム睡眠、ノンレム睡眠のように、歩いている時はいろんなことを考えている時と、何にも考えずに無の状態になる事を繰り返していた。座禅やパチンコ、釣りなどもその時の脳が同じような状態になるらしい。

　そしてウォーキングしているこの時に、ぼんやりと死ぬ事を考えていた。死ぬって人ごとではなくなってきたぞと思った。

　以前読売新聞の記事で、東南アジアのどこの国だったか忘れたのだが、ギネスブックで１４０歳まで生き

た老人にインタビュウした記者がいて、あなたは今何がしたいですかと問いかけたところ、

「死にたい」

と答えていた。この記事を読んで思わず笑い転げた想い出がある。死ねない苦しみとは何となく分かるような気がした。

何時《いつ》までも死ねないというのは苦しい事なんだ。

そしてまたずいぶん前に読んだコールドスリープの記事を思い出していた。

それは２０１２年2月20日の某新聞の朝刊にこんな記事が載っていた。

『冬眠』２か月？　奇跡の救出

［ロンドン＝佐藤昌宏］

スエーデンからの報道によると、同国北部のウメオ近郊の林道で雪に埋もれた車の中に約２か月間閉じ込められていた男性（45歳）が17日救出された。この間、男性は雪以外何も口にしておらず、医師の1人は「男性の体温が31度程度まで下がって低体温の『冬眠』状態となり、体力消耗を防いだのだろう」と地元紙に語ったらしい。

（へー）

男性の車は2月17日、雪上車で近くを通りかかった人に発見された。雪から掘り出された時、男性は後部座席で寝袋にくるまっていた。

救助の当時、男性はほとんど口もきけないほど衰弱していたが、回復に向かっているという。昨年12

月19日から車内にいたとしているが、閉じ込められた理由などは明らかになっていない、とあった。

（へー）

それを見てネットでコールドスリープと入力して検索をしてみた。

「ネットで調べてみた。あー、これこれ」

と思った。

そこには２０１４年現在、実現されているコールドスリープ技術としては、スペースワークス・エンタープライズ社の（ボディクーリングシステム）が最も実用性の高いものとして考えられているらしい。これは鼻腔内より冷気を注入し、脳から全身に至るまでを低温状態にし、人体を冬眠に近い状態にするというものだそうだ。ＮＡＳＡが出資し、スペークワーク社が研究を行っているこの技術は、救命医療の分野において既に人体を一週間程度のコールドスリープ状態に至らしめることに成功しており、現在も研究が継続されている。との記述があった。

（へー）

さらに、日本でも２００６年10月７日に兵庫県神戸市の六甲山で男性が崖から落ちて骨折の為歩行不能となり、10月31日に仮死状態で発見された。２日後の10月９日には意識を失い、食べ物だけでなく水すら飲んでいなかった事が分かったらしい。発見時には体温が22℃という極度の低体温症で、ほとんどの臓器が機能停止状態だったが、後遺症を残さず回復したという。

（へー）

忘れたのだけど、なんでも火星に人を送るためにコールドスリープの技術を使えば、半年間もの間起きているよりも寝てゆけば本人の健康にもいいだろうし、食料や水もかなり軽量化できるメリットがあるという記事があった。でもその分長生きをするのだろうか。この年まで来たら、70歳迄生きようが80歳迄生きようが同じような気がするけど。

それでも日本の男性の平均寿命の79歳位を目標にして頑張ろうとも思った。

そんなあんな事を考えながら、転《ころ》ばないようにゆっくりゆっくり歩いたのですが最後のほうになって昨年と同じようにやっぱりヘロヘロの状態になっていた。最後に昨年と同様に金持神社前で世話役の人達がしきりに、

「金持神社へお参りください。御利益がありますよ」

と言っていたが、

「無理むり、御利益がある前に死んだらどうすんの」

と言ったら世話役の人が、

「エッ？」

と、この人いったい何を言ってるんだろうてな感じでポカンとしていた。あれから一年がたったんだ。この年頃では老化が速足でやって来る。

うーん、残念。

でも思った、平均寿命迄生きていたら、またこの神社にお礼のお参りに来ようと。

そしてもしそこまで生きていて、ここで死んだとしても、御利益があったのか無かったのか分かるような気がした。

船通山のカタクリ

令和６年１月22日　発行

著　者　佐藤　寿髙

発　売　今井出版

印　刷　今井印刷株式会社

ISBN 978-4-86611-376-0